JN027430

ダンジョンでサービス残業をしていただけなのに

~流離(さすら)いのS級探索者と噂になってしまいました~

著 KK　illust. riritto

主な登場人物
トーカ
ミケの相棒で常に
ダウナー気味な
探索系配信者。
さとうゆきひめ
早藤雪姫
探索者ネームは「シュガァ」。
普段は高校生をしている
超人気探索系配信者。
わたりひなた
渡陽向
探索者ネームは「影狼（かげろう）」。
サービス残業のストレスを
ダンジョンで解消していた
ところ、凄腕探索者として
バズってしまった青年。

ミケ
トーカの相棒で
超絶ハイテンションな
探索系配信者。
はやて
疾風
誰にでも喧嘩を
吹っ掛ける
迷惑系配信者。
きじまなでしこ
鬼島撫子
陽向が勤める
会社の課長。

新東京ダンジョン編

第一話　サービス残業

「くそっ！　もうこんな会社辞めてやる！」

今年通算五度目となる台詞を吐きつつ、俺は今日も項垂れて家路についている。

俺の名前は、渡陽向。

職業は限界社畜……いや、限界社畜は職業名じゃないか。

ともかく、本日もブラック労働を終え、帰宅中の社会人である。

ちなみに、現在の時刻は夜の七時だ。

「え？　社畜とか名乗ってるくせに、深夜零時前には退社してるんですか？　よくそれで社畜を名乗れますね。超ウケるんですけど。草草」

――とか言われそうだから先に断っておく。

俺が勤めている会社は、仕事量が多いし慢性的に人員不足のくせに、無駄にコンプライアンスにうるさい。

なので、定時退勤が義務づけられているのだ。

そのため、期限が近いにもかかわらず就業時間内に終わらない仕事がある場合、持ち帰らざるを得ない。

ちなみに、仕事を持ち帰っている事がバレた場合、それはそれで罰則がある。

『雇われの身なのに、なんで責任ばっかり背負わなくちゃいけないんだ、ふざけるな』という思いが爆発した結果が、冒頭の叫びというわけだ。

「……はぁ」

俺は溜息を吐く。

今日も俺は定時に仕事が終わらず、仕事の持ち帰り、つまりは、サービス残業――給与の発生しない時間外労働をするしかなくなっているのだ。

提出期限が明日までの企画書。五日前に上司からいきなり「コレやっといて」と投げ渡されたものだ。

他の業務に時間を取られ、やっと手を付けられるようになったのが期限前日、つまり今日だ。

もう逆ギレしちゃおうかなとも思ったけれど、うちの上司、滅茶苦茶怖いからな……ちゃんと明日には提出しなくちゃ。

とはいえ、企画書作成という仕事内容上、アイデアを考えないといけない。

単純労働ではなく、思考能力を使う仕事だ。

時間がないながらも、ちゃんとした企画を捻出しなければ。

しかし……「若年層に訴求できる販売促進方法の提案」なんて言われてもな……そんな都合の良

いアイデアがあったら、俺が知りたいくらいだよ。

このまま家に帰っても良いが、どこか集中できる環境があればそこを利用したいのだが……。

でも、この近くにはネット喫茶もファミレスもないし……。

「……あ」

歩いている俺はあるものに気が付き、足を止めた。

目の前に、まるで巨大な怪獣が大口を開けて待ち構えているかのような、地下へ通じる洞穴の入り口があった。

こんな時間だが明かりに照らされ、決して少なくない数の若者達がたむろしている。

ここは、《新東京ダンジョン》だ。

「……ダンジョンか……懐かしいな」

そういえば学生の頃はよく潜ってたな、ダンジョン。

◇◆◇◆◇◆

未知のアイテムやモンスターが蔓延る謎の建造物――ダンジョン。

この世界の各地にダンジョンが出現して、早数年が経過している。

人類の一部には、ダンジョンに入ると不思議な力を宿す者がいた。

俺もその一人だった。

そういった特殊能力を宿す者達は《探索者》と呼ばれ、ダンジョンに潜っては冒険とスリルを味わっていた。

日本各所にダンジョンが現れたばかりの頃——当時学生で探索者の能力があった俺も、よくダンジョンに挑んでいた。

当時は未知と混乱の最中で規制も緩く、誰でもカジュアルに挑戦ができたのだ。

あの頃は自由で、楽しかった。

それが今では、ブラックな職場で鬼上司に扱き使われる毎日……になっているのだから、月日の流れは残酷である。

「そういえば、ダンジョンなんてもう何年も潜ってないな」

俺はダンジョンの入り口へ向かった。

昔に比べて探索者の数が多い気がする。

俺が潜ってた頃は、探索者なんてニッチもニッチな趣味で、ほとんど世間に認知されてなかったからな。

時代の移ろいとともに、今では全く違う文化やルールが根付いているのかもしれない。

「そもそも、俺ってまだ、探索者としての能力が残っているのか？」

何分、数年ぶりだ。

当時、探索者の能力に関しては、そのメカニズムが解明されておらず全く未知のものだった。

俺もよくわからないままやっていたのだが……もしも、歳を取るとともに衰えるタイプの能力なのだとしたら……。

幸い、学生時代に作った探索者のライセンスが財布の中に残っていたので、それをスタッフに提示。

厳重な入り口を通り、ダンジョンの第一階層へ下りると、力を解放してみる。

すると、スパークするような音と光が発生し、俺の体はあの頃と同じ装備に包まれた。

これは《換装》という能力だ。

ダンジョン内で換装をすることで、服装や装備が変わり、身体能力も大幅に向上する。

この上乗せされた分の能力をステータスと呼ぶ。

具体的な数値を確認することはできないが、敵を倒す度に探索者は強くなるため、慣習的にレベルアップという言葉も使われている。

「おお、懐かしい……」

換装した俺が身に纏っているのは、軽装の防具。スピード重視の身軽な格好だ。

両手には、あの頃使っていた得物。鍔のない、でかめの包丁のような剣だ。

俺は子供の頃から両手利きだったため、当時は二刀流を得意としていたのだ。

そして、首にはスカーフを巻いており、顔の下半分を隠している。

昔のダンジョンは空気が悪かったので、マスク代わりに巻いていたものだ。

確か、《スタイル》は《アサシン》だったか。

ちなみに、スタイルとは各探索者が持つ個性のようなものである。

スタイルによって、ステータスや能力の性質が変わる。ＲＰＧでいうジョブみたいなものだ。

「ああ、懐かしいなぁ……」

思いがけずノスタルジーに浸り、俺はちょっと湿っぽい気分になってしまった。

あの頃は良かった……あの頃は……。

「って、そうじゃなくて」

俺は自身の頭を叩く。こんな事をしている場合じゃない。

今の俺は限界社畜。社会の歯車、渡陽向会社員である。

明日の出社時間を少しでも快く迎えるためにも、持ち帰った仕事を完了させないと。

「……あ、そうだ」

そこで、俺はある方法を思い付いた。

そういえば、俺は学生時代、課題や論文の内容を考える時にはよくダンジョンに潜っていたのだ。

ダンジョンで体を動かしてると良い気分転換になるし、頭が冴える。

ここでなら、行き詰まってる案件の内容を思い付くかもしれない……。

ファミレスやネット喫茶はマンネリだし、こういう心機一転が良い結果に繋がるかも。

それに、ダンジョン探索なんて、正に今が隆盛を極めている若年層向けのコンテンツだ。

「ダンジョンでサービス残業……か」

俺は苦笑する。

でも、まぁ、たまにはこういうのもいいかもしれない。

決めると同時に、俺は両手の武器をくるりと手掌で回転させる。

うん、久しぶりに握ったけど……悪くない。

「行ってみますか」

というわけで、俺は数年ぶりに、ダンジョンの奥へ走り出したのだった。

ダンジョンには階層というものがある。

入り口である地上を第零階層として、地下一階、二階、三階と続いていく。

そして単純に、下に行く程難易度が上がる。

入ってから六階層くらいまでの《上層》は出現するモンスターのレベルが低く、フィールドも単純なものが多い。

しかし、《中層》あたりになると、モンスターの危険度は上がってくる。

知恵を持つ奴、徒党を組む奴、毒を持つ奴、魔法を使う奴。

中には人間の言葉を解し、会話できる奴なんかもいる。相当珍しいが。

フィールドも、迷宮のように難解なものや、ギミックを解明しないと先に進めないものがあったりする。

さらに、十階層以降の《下層》ともなれば、一騎当千のモンスター達が出現する。

まぁ、早い話、下に行けば行く程、遊ぶのが難しくなるという事だ。

基本、探索者になったばかりの初心者やエンジョイ勢がたむろしているのが、上層。

玄人が挑戦するのが中層以下、というイメージだろう。

そんな風に当時の知識を思い返しながら、俺はダンジョンの中を駆け抜けていた。

「ああ、そうそう、この感じこの感じ」

俺は久しぶりの感覚を楽しむ。

俺のスタイル――アサシンは、スピードにまつわる能力が強化されている。

まるでバイクで高速道路を飛ばすかのように走ると、爽快感と開放感で気持ち良くなる。

まぁ、バイクなんて持ってないし、乗った事もないし、そんな暇も余裕もないんですけど。

なんて考えながら疾走していると、前方にモンスターを発見した。

「ギシャ！」

丸い体に目のない頭部。全身真っ黒で、羽を広げている。

大きく開いた口には、剣山のように生えた鋭い牙。

おお、確か……キラーバットと呼ばれる蝙蝠型のモンスターだ。懐かしい。

ダンジョンの上層でよく見掛けるタイプのモンスターである。

「よし」

俺はスピードを落とす事なく直進。エンカウントしたキラーバットに接近する。

向こうは見たところ、十四か……。

まぁ、大した事ない相手だと思うが……今の俺でもイケるか？

「よっ、と！」

キラーバット達に肉薄した瞬間、両手の刃を振るう。

身を翻しながら、一閃、二閃、三閃、四閃、五閃、六閃、七閃、八閃、九閃、十閃！

「ギ――？」

「ガ……？」

すれ違いざま、体を真っ二つにされた十四のキラーバットは、不思議そうに断末魔を残してドサドサと地面へ落下した。

俺は急ブレーキを掛け、その光景を振り返って確認する。

よしよし、雑魚モンスターの相手をするのは問題なさそうだ。

とはいえ、やっぱり久々だから、ちょっと攻撃のリズムと速度が遅れていた気がする。

完全に勘を戻すとなると、もうちょっと時間が掛かりそうだな。

それに、あの頃と同じ装備、同じ能力が維持されているとはいえ、俺自身に数年のブランクがある。

自分に何ができたのか、ほとんど忘れてしまっている。

スキルや技、武器の性能なんかも、ちょっとずつ思い出していくしかない。

「おっと、素材素材」

俺は、今しがた倒したキラーバット達の死骸に近付く。

キラーバットの牙は、〔吸血牙〕というアイテムになるのだ。

気晴らしの探索でやり込む予定もないし、そんなに重要な素材でもないが、念のため拾っておくか。

「しかし……」

勢いに任せて第一階層、第二階層と進んできたが、久しぶりにダンジョンに潜って俺が抱いた感想は、探索者の数が多いという事だった。

俺が探索者をやっていた頃には、ダンジョンに潜る人間なんて第一階層でも数える程しかいなかった。

しかし現在——千葉県にある某テーマパークや、大阪府にある某映画とエンタメの国のように、結構な数の来客で賑わっているように見える。

そしてその多くが、近くに撮影用のドローンを浮遊させていた。

「探索系配信者……か」

ダンジョンの出現から数年経ち、今世間で話題となっているのが、この探索系配信者達である。

動画配信——自己発信が手軽になった現代。

音楽、創作、娯楽等の情報を放送し、視聴者に提供する事を生業とする者達も、かなりポピュラーになった。

中には悪質なデマや、下品なパフォーマンスで注目を集めようとする者もいるが、それはあくまでも一部だ。

そして、そんな動画配信が活発になった現在、勢いのあるジャンルの一つが、この探索系配信者達である。彼等はダンジョンを探索する姿を配信し、視聴者に見せるのだ。

自分が探索者をしていた頃には考えられなかった事である。

あの頃はダンジョン探索なんて、物好きがやり込むマイナーな趣味の一つでしかなかったのに。

「ま、どちらにしろ俺には関係のない世界だ」

ざっと見たところ、皆、本当に若い。十代かそこらの子供もわんさかいる。

「……十代を子供と言う程、歳を取ってしまったのか、俺は」

ちょっと目頭が熱くなる。いやいや。泣いてる場合じゃないぞ。

彼等の動画に映り込んだりしたら悪いし、こっちは現在残業中だ。無給だが。

できるだけ目立たないように、人のいない方に行こう。

「やばい……楽しいぞ」

あくまでも息抜き。

アイデア出しのために、気分転換できる環境を——という目的で潜ったダンジョンだったが、気付くと俺は下へ下へと階層を進んでいた。

やはり、久しぶりに挑戦するとテンションが上がってしまうのだ。

徐々に、モンスターが強力になっていく。

上層にいたキラーバットなんかから、岩のような外殻を纏った鼠型のモンスター——ロックラットや、削った石を木の棒に括り付けて装備した小鬼型のモンスター——ゴブリンなんかが出現し出す。木の棒なんてどこで手に入れたんだ？　と思うが、ダンジョンは一部常識が通用しない世界でもある。

「おっとぉ」

流石に、復帰したばかりのブランクあり限界社畜には、少し手強い状況になってきた。

十五匹程のゴブリンの徒党を相手にした時、二、三匹を逃がしてしまった。

ここら辺が潮時だろうか？

「……そろそろ、ギアを上げていくか」

……ああ、まずい。自分でもわかる。完全にヒートアップしちゃってる。

明日会社で課長にぶちギレられても知らないぞ～、俺ぇ……。

内心でそんな声を漏らしながらも、俺は更にスピードアップし、エンカウントするモンスターを倒していく。

少しずつ少しずつ、手応えのあるモンスターを相手にしながら、以前の自分を取り戻していく。

社会に出て、仕事に忙殺され、叱責に晒される日々。すっかり泥に塗れてしまった、俺の根底にあるもの——本当の自分自身のようなものを、数年ぶりに呼び起こすように。

錆を落とすように、垢を濯ぐように、着実に——。

「ん？」

そこで俺は気付く。遠方に、ドローンで動画配信中の配信者を発見した。

すっかり熱中し、自分が何階層まで下りてきたのかは覚えていない。

結構下まで潜ってきたと思ったが、こんな所にも配信者がいるのか。

見たところ、女の子だ。しかも、かなり若い——高校生くらいかもしれない。

「あーあ、いいよな、学生は。暢気に青春を謳歌できて……」

まぁ、俺も学生時代は似たようなものだったし、偉そうに言えないが……と、彼女をチラ見しながら、心の中で愚痴る。

そこで、ズシン——と、地響きがした。

「ん？　地震か？」

瞬間、遠方から叫び声が聞こえた。視線を向けると、先程の彼女と——その向こうに……。

「……おい、なんでだ」

鋭い目に岩山のような巨躯を誇る、巨人型のモンスター、タイラントの姿が。

なんでタイラントが⁉　あれは中層……いや、下層レベルのモンスターだろ⁉

例の女の子は……まずい！　攻撃を受けて吹き飛ばされた！

岩壁に体を叩き付けられ、彼女は地面に横たわる。

倒れたまま動けない女の子へ、タイラントが手を伸ばす。

気づくと、俺の体は地を蹴っていた。

第二話　スキル

――およそ、一時間程前の事。

「みんなぁ、こんにちは～！　あ、もう夜だからこんばんはだよね、シュガァです！」

新東京ダンジョン――第二階層。

一人の女が、カメラを搭載したドローンに笑顔を向けながら、元気に挨拶をしている。

可憐な女の子だ。年の頃は、十代半ば。

既に探索者の姿に換装しており、ガーリーなミニスカート姿は、あたかもアイドルのようである。

光を乱反射する雪のような銀色の髪。吸い込まれそうな丸くて大きな目。

モデルや芸能人も顔負けの顔に、魅惑的な笑みを湛えて、彼女は軽やかにぴょんっと飛び跳ねた。

「今日は、前に言ってた新東京ダンジョン、第七階層に挑戦するよ！」

彼女は探索系配信者。探索者ネームは、《シュガァ》と名乗っている。

シュガァは、ドローンのカメラ横にセットされたスマホの画面を見る。

そこには生配信中の自身の動画が流れており、確認できるようになっているのだ。


〈こんー！〉

〈こんにちは、シュガァ〉

〈待ってました!〉

画面端の黒枠の中を、途轍もない量のコメントが流れていく。

表示された同接数――同時接続視聴者数――は、間もなく50万人を突破しそうだ。

「わぁ、さっそくいっぱい! 来てくれてありがとう!」

シュガァは、見た目通りの可愛いらしい声音を弾ませる。独特で艶のある声質だ。

彼女は歌唱動画も配信しており、いわゆる「歌い手」としても人気である。

シュガァの「歌ってみた」動画は、どれも1000万回以上再生されている。

可愛い外見、魅力的な声。

それだけでも配信者として十分過ぎる才能なのだが、しかし、彼女はそれだけではない。

「さてと……うん? 〈いつまでも立ち話してないで、どんどん先に進め〉……って、言われなくてもわかってます!」

コメントを読み上げ大袈裟にリアクションしてみせると、シュガァは早速ダンジョンの奥へ進んでいく。

ちなみに、何故第二階層から配信を始めたかというと、入り口に近い階層でやるとすぐに周りに見付かって、大騒ぎになるからだ。

そんなシュガァの前方にモンスターが現れる。

「キシャッ!」

〈あ、キラーバットだ！〉

〈三体もいるぞ！〉

〈シュガァ、気を付けて！〉


モンスターとのエンカウントを機に、コメント欄（らん）が盛り上がる。

「大丈夫」

だが、シュガァは臆（おく）さない。

スッと息を吸い込むと――。

「【咆哮（ハウンド）】！」

シュガァの喉（のど）から、力強い声が放たれる。

瞬間、その声は衝撃波となってキラーバットの群れを呑（の）み込んだ。

「ギィ……」

三体のキラーバットは、ふらふらと落下し、ピクピクと痙攣（けいれん）する。


〈強ッ！〉

〈流石は《歌姫（うたひめ）》〉

〈戦闘映像が絵になるなぁ〉

〈切り抜きで観た通りだ〉
〈美しい……〉
〈かわいいいいいいい！〉
〈ファンです〉
〈結婚してください〉

コメントが爆速で流れていく。
この通り……彼女は純粋に探索者としての実力も高い。
シュガァの探索者としてのスタイルは、歌姫。
声を武器にして戦うため、その美声や戦う姿が人気を博しているのだ。
「えっへへ、ありがとー。まぁ、これくらいは余裕ですよ」
コメント欄で褒められ、どや顔をするシュガァ。

〈どや顔ｗｗｗｗ〉
〈うざかわいいｗｗ〉

「わ！　すごい、もう同接90万人突破してる！　う～、やる気出るぅ！」
シュガァはテンション高く飛び跳ねる。

「今日はもう行ける所まで行っちゃうから！　みんな、今夜は寝かさないからね！」


〈きゃ――――〉

〈絶対に寝ません！〉

〈シュガァに寝かさない発言いただきました！〉

〈明日は遅刻確定だな……だが、構わん！〉


盛況を見せるコメント欄とともに、シュガァはダンジョン内を順調に進んでいく。

やがて、当初の目標である第七階層の一歩手前――第六階層へ辿り着いた。

「話によると、この次の第七階層から中層に入るみたいです。そこからは、もっと強力なモンスターが現れるそうなので、気を引き締めていきたいと思います。ドキドキ……」


〈頑張れ、シュガァ〉

〈緊張してきた〉


若干、緊迫した空気に包まれるコメント欄。

シュガァは、「珍しいアイテムとか手に入るかなぁ～」と、空気を和(なご)ませるような気の抜けた発言をする。

その時。

ズシン――と、地響きがした。

「え？　じ、地震？」

頭上からパラパラと砂が降ってくる。動揺するシュガァ。


〈シュガァ！　シュガァ、前！〉

〈モンスターが！〉


そこで、コメント欄が慌ただしい事に気付き、シュガァは前を見る。

「え……」

シュガァの目前に、見上げるような巨人が現れた。鋭い眼光に、岩山のような体。

このモンスターは……。

「タ、タイラント？」


〈なんでタイラント!?〉

〈確かもっと下の階層のモンスターだろ！〉

〈下層レベルじゃん！〉

〈うわ、実物初めて見た〉

〈シュガァ、逃げてー!〉

〈行け、シュガァ!〉

〈こえええ!〉


コメント欄がざわめく中、シュガァは表情を引き締め、タイラントと向かい合う。

タイラントの実物を見るのは初めてだが、噂では聞いた事のある強力なモンスターだ。

……でも、今の自分なら……。

「【咆哮（ハウンド）】!」

シュガァは攻撃を発動する。声を振り絞り、出会い頭（がしら）に何発も【咆哮（ハウンド）】を叩き込む。

果敢に挑む、が——。

「グォオオオオオオ!」

【咆哮（ハウンド）】による猛攻を受け、タイラントは怯（ひる）んだように見えた。

しかし次の瞬間、その巨大な腕を振るって、シュガァに襲い掛かる。

拳が、シュガァの華奢（きゃしゃ）な胴体に命中する。シュガァの体は吹き飛ばされ、地面に転がった。


〈ああああああ!〉

〈シュガァ、逃げて逃げて!〉

〈もういいから逃げろって!〉

〈やばいやばいやばいやばい！〉

荒れるコメント欄。

「う、うぅ……」

シュガァはボロボロになりながらも、なんとか立ち上がろうとする。

しかし、既にタイラントはシュガァに腕を伸ばしていた。

「う、あ……」

捕まる——。

恐怖で、シュガァは思わず目を瞑る。

その時、一迅の風が吹き抜けた——気がした。

「え？」

気付くと、シュガァの体は先程までいた場所から移動しており——。

見上げると、自身を抱きかかえる男性の姿があった。

◇◆◇◆◇◆

「……ふぅ」

間一髪だった。タイラントの魔の手から、女の子を救う事ができた。

こんな小さな体、あの巨人の手で掴まれたらひとたまりもなかっただろう。

俺は、腕の中の少女の無事を確認する。

咄嗟の事態だったのでお姫様抱っこになってしまったが、そこは緊急事態という事で見逃して欲しい。

「……」

俺は続いて、こちらに気付いたタイラントを見上げる。

馬鹿でかい図体と馬鹿力だけが取り柄……と言ってしまえばそれまでだが、実際、その体のでかさと馬鹿力が厄介な下層クラスのモンスターだ。

そう、こいつはもっと下の階層にいるはずのモンスターなのだが……。

まぁ、下層のモンスターが何かの間違いで上層に出てきてしまう事も、たまにある。

今回は、この子の運が悪かったと言うしかない。

俺は、とりあえず少女を地面に下ろす。

なかなか手強い相手だが、勘を取り戻す相手としてちょうどいいかもしれない。

おっと、昔を思い出して結構ハイになってるな、今の俺。

……そういえば、《スキル》はまだ使えるかな?

自分の中の力を確認するように意識を向ける。

……よし、大丈夫そうだ。

「グガアアアアアア！」

合わせるようにタイラントが雄叫びを上げ、俺への敵意を剥き出しにする。

俺は、即座にタイラントへ飛び掛かる。

「あ、危ない！」

後方から、女の子が慌てて呼び止める声が聞こえた。

止めるって事は、俺じゃ敵わないと思っているという事か。まぁ、仕方がないか。冴えない見た目だし。

アサシンの姿に換装して顔は隠してるけど、多分頼りないオーラが出ているんだろう。

しかし、綺麗な声だな。

とりあえず、そんな風にどうでもいい事を考えられる程度に、思考は澄んでいる。

自己分析している内に、タイラントの頭部が迫る。

瞬間。

俺は、スキルを発動した。

この手の脳筋タイプと俺のスキルは、非常に相性が良い。

「【陽炎】」

――その刹那、タイラントの首が胴から離れた。

「――ッ？」

空中で身を翻した俺の目に、落下するタイラントの頭部が映る。

とても不思議そうな顔をしていた。

おそらく、自分の身に何が起こったのか理解できなかったのだろう。

だが、それこそが俺のスキルだ。

探索者は、その持ち前のスタイルによって様々な戦闘方法を持つ。

単純な身体能力や武器術の他にも、「技」や「魔法」等、独自の技術を取得する者もいる。

そんな中でスキルとは、一部の探索者の身に宿る特殊能力。探索者になると同時に手に入れたり、ある日突然目覚めたりする、言わば超能力のようなものだ。

そして俺のスキルの名は、【陽炎】。

その効果は――「一秒間、相手が俺の存在を認識しなくなる」というもの。

早い話が、相手は一秒間だけ俺を見失う。

その一秒間の間に俺が接近して、攻撃を終えている、という事だ。

強制的に意表を突く能力。究極の初見殺し。

それが、【陽炎】。

……まぁ、能力の内容を知られていたら、いくらでも対処可能な、出落ちのスキルではあるが。

それでも、エンカウントしたばかりのモンスター相手になら、無類の強さを発揮できる。

俺が着地すると、背後で、首を切り離されたタイラントが崩れ落ちる。

女の子の方を見ると、タイラントが瞬殺された光景を前に、ポカンとしているようだ。

そんな彼女と、一瞬、目が合った。

……って、こんな事してる場合じゃない！

俺は彼女の無事だけ確認すると、即座にその場から逃げ出した。

現在俺には、片付けなきゃいけない仕事があるのだ。息抜きのつもりが、はしゃぎ過ぎてしまった。

早く家に帰って、企画書を詰めないと！

◇◆◇◆◇◆

一方——。

「……あ」

シュガァは、呆然（ぼうぜん）としたままへたり込んでいた。

すぐ近くには、今起こった光景を撮影していたドローンが浮遊している。

スマホの画面には、凄（すさ）まじい数のコメントが湧き上がっていた。

〈なになになに!?〉

〈なんだ、今の？　誰？〉

〈早過ぎて見えなかった！〉

〈いや、強過ぎる!〉

〈忍者?〉

〈実力的に、プロのS級?〉

〈見たところ、得物は剣だけだったよね。どう考えても火力不足なのに、どうやって倒したんだ?〉

〈いや、タイラントの首を一撃で切り落とせる時点でおかしい〉

〈めちゃくちゃかっこいい!〉

〈というか、一瞬、違和感がなかった?〉

〈タイラントの首が切り落とされる寸前だけ、瞬間移動したみたいな……〉

〈あの一瞬だけ加速した?〉

〈kakkeeeeeeeeeeee!〉

爆発的に盛り上がり、最早(もはや)目視で追う事も不可能な勢いで流れていくコメント群。

〈シュガァ大丈夫?〉

〈シュガァ、生きてる?〉

しかし中には、シュガァを心配するコメントも。

動画のコメント欄だけではなく、何百というダイレクトメッセージも届いている。

「……すごい」

そんな中。

未だ呆けた表情のシュガァは、自身を助け、名も名乗らず闇の中に消えていった、先程のヒーローの姿がまぶたに焼きついていた。

「……かっこいい……」

——翌日。
とあるネットニュースが世間を騒がせる事となる。
しかしそれは、後に起こる更なる大騒動の引き金でしかなかった……。
〈登録者数１００万人超え人気探索系配信者シュガァ　生配信中にピンチを救われる「何も言わず去っていって……」「是非、お礼をしたい」　ネット騒然〉

第三話　鬼電

「渡ぃ！」

オフィス中に響き渡る大声で呼ばれ、俺は思わず溜息を吐く。課長の呼び出しだ。

気を引き締めつつ立ち上がり、課長のデスクへ向かう。

「お呼びでしょうか、課長」

「この企画書、一体どういうつもりだぁ？」

書類の束を手でペシペシと叩きながら、課長は不機嫌そうに言う。

「ええと、どういうつもりか、とは、どういう事でしょう……」

俺は、引きつった笑みを浮かべながら課長に聞き返す。

目の前のデスクには――若い女性が座っている。

彼女はキチッと仕立てたスーツを着込み、スカートから覗いた足を組んで、頬杖を突きながら俺を睨み上げている。

しかし、俺より頭一つ小さい体格なので、まるで女子中学生がＯＬのコスプレをしているような、アンバランスな印象を受ける。

彼女の名は――鬼島撫子。

俺よりも年下だが、この課の課長――つまり、上司である。

「どういう事でしょうぅ？　渡ぃ、お前、随分偉くなったな？　アタシに口答えするなんて」

『いえ、口答えなんてしておりません。僕が家に持ち帰って、サービス残業をしてまで仕上げた企画書に、どのような不備があり、どのような理由で呼びつけられたのか、そちらを説明していただきたいのですが？』

……という台詞は口に出さず、脳内のゴミ箱フォルダにシュートしておく。

もしも本当に口答えなんてしたなら、その後説教という名の実益のない無駄な時間をどれだけ消費させられるか、わからないからだ。

「お前なぁ、この企画書は社内コンペに出すって言ったよな？　つまり、それだけ重要な任務をお前に与えたんだって、口を酸っぱくして、繰り返し繰り返し念押ししたよなぁ、アタシ？」

鬼島課長は、チェアをグリングリンと左右に回転させながら、呆れの混じった声色で言ってくる。

「はい」

「データ集計も不十分、聞き取りも不十分、こんなんで上を納得させられると本気で思ってんのかよ、甘ちゃんがよぉ？」

「……ウス」

「そもそもコンセプトが薄いんだよなぁ〜……この企画書のテーマは何よ？」

「ウス……若年層に訴求できる販売促進方法の提案です」

「若年層を狙うって謳ってるよな？　お前、本当に今の若者の事わかってんの？　なんか、アイデアが一歩遅れてるっていうかさぁ」

「……ウス」

鬼島課長は俺をデスクの前に立たせ、言いたいだけ言うと「というわけで、やり直し。本当は今日が期日だけど明日の朝一まで待ってやるから、アタシが出社するまでに用意しとけよ」と企画書を投げ返してきた。

「……ウス」

俺は大人しく企画書を受け取り、自分のデスクに戻る。

……うおおおおああああああああああ！

そして、叫び声を上げた。無論、心の中で。

データ集計が不十分なのも、聞き取りが不十分なのも、時間が足りなかったからに決まってるだろ！　そもそも、そんなに大切な仕事なら期日の五日前に振ってくるな！　というか、社内コンペとか言ってるけど、通る企画なんてもう決まってんだろ！　数合わせと仕事やってますアピールのために、俺の貴重な時間を◎＄♪×△￥○＆？＃＄！

一通り脳内で罵詈雑言（ばりぞうごん）を吐き出した後、俺は「ハァ……」と溜息を吐（つ）く。

「お疲れ様です、渡さん」

俺の心中を察してくれたのか、隣の席の吉田（よしだ）さんが声を掛けてくれた。

「すみません吉田さん、お騒がせしてしまって」

「いえいえ、むしろ静か過ぎて怖かったくらいですから。でも、頭の中ではもの凄く暴れてるのがわかりましたよ」

そう言って、吉田さんはクスクスと笑う。

栗色のセミロングに、花のポイントがあしらわれた髪留めを付けている彼女は、俺の同期社員だ。

運悪くこの部署に所属する者同士という事で、何かと気遣い合っている仲なのである。

「企画書、やり直しですか？」

「ええ……あーあ、徹夜して仕上げたばかりだったんだけど、こりゃ今日もサービス残業だな」

「大変ですね……なんだか鬼島課長、渡さんに厳しい気もするんですが」

「いやいや、みんなに厳しいですよ、あの人」

「渡さんに対しては特にですよ……正直、社長の親族だからって会社も甘やかし過ぎだと思いますよ。あたし達より後輩なのに、もうあんな役職に就かせて……」

「ははっ……今日は中々毒を吐きますね、吉田さん。結構、ストレス溜まり気味ですか？」

「ええ、渡さん程じゃありませんが」

吉田さんは苦笑しながら、自身の首をマッサージする。

「ああ、温泉とか行きたいなぁ。旅館でのんびり……なんて、憧れますよね」

「しばらくは叶いそうにない夢ですね」

「ええ、何か良いストレス解消法とかないでしょうか……」

「……」

ストレス解消、か。俺はふと、昨夜の事を思い出す。なんとなく立ち寄ったダンジョン。

若造だった頃のテンションで、ただただ体を躍動（やくどう）させた——あの爽快感。

「……また、行ってみようかな」

「え？」

俺の呟(つぶや)きを、吉田さんが聞きつける。

「吉田ぁ！」

そこで、課長の咆哮(ほうこう)が飛んできた。今度は、吉田さんが標的のようだ。

「……行ってらっしゃい」

「うぅ……行ってきます」

既に涙目の吉田さん。そんな彼女の背中を見送る。

「さ、頑張るか」

俺は気を取り直し、目の前の仕事に向き合う事にした。

「ちくしょうっ！　もうこんな会社辞めてやる！」
その夜。
またしても仕事が終わらないまま退社の時間を迎えた俺は、帰り道で早くも今年通算六回目となる退職宣言を口にしていた。
結局、例の企画書を手直ししている時間はないし。

明日の朝一で提出という事なので、今夜中に仕上げないといけない。

わかっていた事だが、二晩(ふたばん)連続サービス残業決定である。

「……はぁ。なんだか、気分が落ち込むなぁ」

まぁ、へこたれていても明日は来るので、やるしかないのだが。

そこで、俺はふと足を止める。昨日と同じ、新東京ダンジョンの前を通り掛かったからだ。

「……」

昨夜の記憶を想起する。

久しぶりに、昔に戻ったみたいで楽しかったな……。

「……よし、今日も潜っていくか」

昨日も、何やかんやでダンジョンで遊んだ後、企画書を完成させる事ができた。気分転換の方法としては成功だったという事だ。

俺は首元のネクタイを緩めると、意気揚々(いきようよう)とダンジョンの入り口へ向かう。

「……ん？」

しかし、そこで昨日とは違う異変に気付く。人がむちゃくちゃ多い気がするのだ。

ここはまだ入り口前だが、見渡す限りに何十という人間がいる。

第一階層に下りてみると、またとんでもない数の探索者がいた。

誰も彼もが何やら盛り上がり、撮影用ドローンやタブレットを持っている。

皆、動画撮影中か？

「何だ？　何か、イベントでもあるのか？」

よくわからないが……仕方がない。

あまり人が多いと、ちょっと気後れしてしまう。俺は、別のダンジョンにしようかと考える。

しかし、明日も朝から出勤だ。

あまり遠出できる時間でもない。

「秋葉原ダンジョン……新橋ダンジョン……んー……」

試しにスマホで周辺のダンジョンを探してみるが、ちょうど良さそうな場所などない。

「……はぁ、しょうがないな」

せっかく、こっちはテンションが上がっているのだ。ここで我慢したくない。

ちょっと人の少ない経路を選びながら行くか。

というわけで、人混みを避けて、俺は物陰で探索者の姿に換装。

両手に得物を握り、口元を覆うスカーフを締め直す。

「よし、今夜もひとっ走り行きますか」

そして、早速俺はダンジョン探索を開始した。

——この後、とんでもない事件に巻き込まれるとも知らず。

◇◆◇◆◇◆

「……あれは、ブラックスライムか」

前方で、真っ黒な楕円形の軟体生物がプヨプヨと揺れながら群れを作っている。

ブラックスライムというモンスターだ。

サイズも小さいしそこまで強そうには見えないが、見た目に騙されるなかれ。

油断して近付くと、一気に体を三～四倍に膨張させ、全身で獲物を包み込む。

呑み込まれたら最後、ゆっくり消化されてオシマイ――という、おそろしいモンスターである。

まぁ――。

「防御力は大した事ないから、素早く武器を振るえば瞬殺できるんだけどな」

呟きながら、俺はブラックスライムの群れの中を風のように通り抜ける。

「?」

『今何か通った?』というような愚鈍な反応をするブラックスライム達は、直後、細切れになった。

「……ふぅ」

だいぶ、体が昔の感覚に近付いてきた……と思う。

今し方のブラックスライム達は、すれ違いざまに斬撃を数十回打ち込んで倒した。

昨日は、攻撃を的確に叩き込めずモンスターを取り逃がす事もあったので、まずまず調子を取り戻してきたと言えるだろう。

「さてと……」

ブラックスライムの破片が飛び散った場所に戻ると、幾つかアイテムがドロップしていた。

手の平に収まるくらいの、黒いぶよぶよとした塊――〈黒油〉というアイテムだ。

そこそこ珍しいし、使い方次第では重宝するものなので拾っておく。

「……で、俺は今どこにいるんだ？」

ここまで何も考えず、ただストレス解消のため駆け抜けてきた俺は、現在地を確認する。

下って下って……ここは、そう、確か第五階層だ。

昨日は、結局第六階層……あのタイラントが出現した所までしか行けなかったので、今日はもうちょっと先まで挑戦してみようかな――と、考えていた時だった。

ポケットの中でスマホが鳴った。

「ん？　誰だ、こんな時間に……」

もうすっかり夜中だ。

こんな時間に電話を掛けてくるなんて、悪戯か？　……と思いながら、スマホを取り出す。

「……うわ」

表示されていたのは鬼島課長の名前だった。

思わず吐き気を催す。

課長から掛かってくる電話なんて百パーセント碌なものではない。おそらく、仕事絡みの話だ。

俺は慌てて電話に出ようとする――が、そこで思い出す。

まずい。今はダンジョンの中だ。

こんな場所で悠長に電話なんてしていたら隙だらけになる。モンスターに襲われるかもしれない。

何より、もしもダンジョンに潜っているなんて事が鬼島課長にバレたら、それをネタに何を言われるかわからない。

「そんな所で遊んでるからお前はいつまで経ってもダメなんだよ！」とか、簡単に想像が付く。

一旦、安全な場所まで移動しなければ。

俺はすぐさま、今来た道を逆に走り出す。

その間も、スマホの着信音は止まらない。切れたと思ったらまた掛かってくる。

画面には不在着信の表示が溜まっていく。

まずいまずいまずい、まずいぞ、このパターンは！　電話に出ないから、怒りのボルテージが上がっていってるんだ！

「キシャアアア！」

「邪魔するなぁッ！」

焦る俺の前方に、モンスター達が現れる。

ああ、もう！　今それどころじゃないんだよ！

俺は斬る。とにもかくにも斬る。

出現したモンスターの種類とか習性とかを細かく考えている余裕はないので、全て微塵切り（みじんぎ）にしながら駆け抜ける。

「グオオオ！」

「ブァァアアア！」

「GAAAA！」

クソッ！　なんで来た時よりもモンスターに出会うんだよ！　本当に今は邪魔しないでくれ！　早くダンジョンから脱出したいだけなんだ、俺は！　うわぁ、そうやってる間にもどんどん不在着信が溜まっていく！

俺はもう無我夢中だった。

目の前のモンスターを斬って斬って斬りまくる！

「グェッ！」

「ブアッ！」

「あ、助けていただきありがとうござ……」

ん？　今、誰かいたか？

人とすれ違った気もしたが、今は暢気に挨拶している場合じゃない。体を躍動させ、俺は第五階層から一気に駆け上がる。そして、遂に第一階層まで辿り着いた。

「よしっ！」

ここを上がれば、ダンジョンの入り口――即ち、第零階層だ。

何より、第一階層はほとんどモンスターは出現しない、ダンジョンの玄関のような場所。

相変わらず、人で溢れかえっているが、ここまで来たら後は外に出るだけ――。

「こ、困ります、撮らないでくれませんか」

ん？　何だ？

その途中、俺は何やら人だかりができているのに気付く。

どうやら、揉め事のようだ。

――時間は少し遡る。

「……いない、かなぁ」

銀色の美しい髪に、整った顔立ち。アイドルのような少女、探索系配信者シュガァは、今夜もここ――新東京ダンジョンを訪れていた。

昨日の配信と今朝のネット記事の影響で第一階層は、普段以上の人数で賑わっている。

シュガァは、そんな人混みの中を進みながら、ある人物を探していた。

「あ、シュガァちゃん！」

そこで、シュガァの存在に気付いた若い女の子達が、声を上げて駆け寄ってくる。

「すごい、本物だ！　かわいい！」

「いつも配信観てます！」

「本当に!?　ありがとう！」

シュガァはにこやかに微笑み、しかし申し訳なさそうに言う。

「でも、ごめんね。今日はプライベートだから、配信に来たんじゃないんだ。そっとしておいてもらえると嬉しいな」

「そうなんだ、わかりました！」

「応援してます！」

女の子達は、素直に距離を取ってくれた。

シュガァのファンは、とても行儀が良く、いい子達ばかりだ。それが、何よりの自慢だとシュガァは思っている。

「よう、シュガァ」

再び探し人の捜索を始めたシュガァは、そこで背後から声を掛けられ振り返る。

「わっ」

思わず声が出てしまった。

そこに立っていたのは、短い金髪で、額(ひたい)に剃(そ)り込みを入れた強面(こわもて)の男。浅黒い肌に無骨な防具を纏い、拳(こぶし)には刺々(とげとげ)しい装飾が施されたグローブを装着している。

「あれ？　あの、シュガァと話してるの……《疾風(はやて)》じゃない？」

周囲の人混みの中から声が聞こえてくる。

「疾風って、ストリートファイト配信の？」

「い、迷惑系じゃん……」

「ダンジョンで他の探索者に絡んで、喧嘩(けんか)ふっかけて配信してる奴だろ？」

「お、疾風じゃん、何、喧嘩？」

「俺結構好きなんだよな、疾風。態度はでかいけど、実際強いし」

「この前も、探索者ボコボコにしてたろ？」

「えー、怖……」

「女の配信者にもすげぇ声掛けまくってるよな、あいつ」

「そういえば、この前シュガァにコラボ依頼のメッセージ送ったのに無視されたって、動画でブチ切れてたっけ？」

「それで直接凸ってきたって事？　怖い……」

疾風という男は、野次馬の間で交わされた会話の通りの人間だ。

シュガァは、警戒するように表情を引き締め、眼前の疾風と対峙する。

「すみませんけど、今日はプライベートなので……」

「そう冷たくするなよ」

足早に逃げようとするシュガァだが、疾風は粘着質に絡む。

「前々からコラボしようって誘ってるのにさ、全然返信くれないから悲しかったんだぜ？」

「私、今日は人を探しにここに来たんです。配信もするつもりはありません」

シュガァは、毅然とした態度で疾風に言う。ここで怯えたり、困ったような態度を取れば、相手はつけあがる。その事をよく知っていた。

「つれない事言うなよ、もう流れちゃってるんだぜ？　これ」

「え？」

見ると、疾風の傍に撮影用ドローンが飛んでいた。

「ほら、生配信中だ。おお、すげぇな、シュガァ効果。もう同接20万超えたぞ」

「こ、困ります、撮らないでくれませんか」

疾風にはシュガァの言葉を聞く気はなく、「今からシュガァとダンジョン探索楽しんできまーす」などと、勝手な事を言い出している。

どうすれば……警察に通報した方が良いのか。だが、動画でも犯罪スレスレの行為をしている男だ、何をされるかわからない。

シュガァはそう思い悩む。

(どうしよう……)

毅然とした態度で対応しているが、シュガァは実際十代の少女。

本当は怖くて泣きそうなくらいだ。

「あ」

そんな時、野次馬の中から声が上がった。

シュガァは思わず、そちらを見る。そこに、一人の男性が立っていた。

「……あ」

シュガァは、目を見開く。

全体的に暗い色合いの軽装姿。左右の腰に、一対の剣を佩いている。

顔の鼻より下を布で隠した、彼は――。

「アナタは！」

思わず自分の状況も忘れ、シュガァは、昨夜自分を窮地から救ってくれたヒーローに声を掛けていた。

課長からの鬼電に出るため、大急ぎで第一階層へ戻ってきた俺は——そこで、何やら人だかりができている事に気付いた。

「前々からコラボしようって誘ってるのにさ、全然返信くれないから悲しかったんだぜ？」

人だかりの中心は、二人の人物だ。

男の方は、がっしりした体格で金髪を短く刈り込んだ強面だ。

あ……なんだか、ネットニュースで見た気がする。「炎上」というワードと一緒に顔写真が並んでいたような。

「あれ？」

よく見ると、その男に纏わり付かれている女性の方も、見覚えがある。

銀色の髪に、大きな目。アイドルみたいな可愛らしい服装。

そうだ、昨日、タイラントに襲われていた女の子だ。

「私、今日は人を探しにここに来たんです。配信もするつもりはありません」

女の子は困ったような、しかし毅然とした態度で相手に言い返している。

しかし、相手の男は「つれない事言うなよ、もう流れちゃってるんだぜ？　これ」と、傍に撮影用ドローンを浮かせている。

……なるほど。

おそらく、あの探索系配信者が女の子に絡んで無理やり生配信をやってるという形か。

大変だなぁ、この業界も。

規模が大きくなると、ああいう他人の迷惑を顧みない奴も出現するのか。

かわいそうだとは思うが、このまま野次馬をやってる場合でもない。

今は爆撃のように襲来している鬼島課長からの着信に出るのが優先だ。

ここは一刻も早く外に――。

「あ」

その時、俺の間近にいた野次馬の一人が、俺の姿を見て声を上げた。

ん？　何だ？

徐々に、他の野次馬達も俺を見て様々な反応をする。

「昨夜の……」「配信の……」とか呟いている気がするが……。

「アナタは、あの時の！」

そこで、例の女の子が声を上げた。特徴的な声なのですぐにわかった。

その目線の先は、俺だった。瞬間、彼女は俺に駆け寄ってくる。

その大きな目をキラキラと、星空のように輝かせながら。

「あ、あの、き、昨日の夜、覚えてますか⁉」

「え……えーと……」

覚えてはいるんだけど……いや、申し訳ない、今俺はそれどころじゃないんだ。

早く電話に出なければいけないのだ。

着信が来過ぎて、スマホが若干熱くなってきているのだ。

更に、迷惑系配信者まで俺に絡んできた。

「あれ？　お前……昨日、シュガァの配信に出てた奴じゃねぇか」

気付くと、その場にいる全ての視線が俺達に注がれている。ざわめきも強まる。

何なんだ、勘弁してくれ。

俺はパニックを起こし掛ける。

早くトイレに駆け込みたいのに、その入り口で街頭アンケートに捕まったような気分だ。

「ふぅん……」

迷惑系配信者の男が、俺と、いつの間にか俺の手を握っている銀髪の女の子を見比べる。

「なるほど……昨日助けられて、随分と惚(ほ)れこんだんだなぁ」

「な、何を言ってるんですか！　私はただ、お礼が言いたくて……」

「なぁ、お前、この場で俺と喧嘩しねぇか？」

は？　何？　何だって？

迷惑系配信者の突飛な提案に、俺は頭上に「？」を並べる。

「こ、断った方が良いです」

そこで、女の子が俺に囁く。

「この人……名前は疾風っていうんですけど、ダンジョン内でストリートファイト的に探索者に喧嘩を申し込む動画を上げてて、それで荒稼ぎしてるんです。だから、誰彼構わず絡んで、それでみんなに嫌われてて……」

「まさか逃げる気かよ？　なんだ、噂よりも大した事なさそうだな」

迷惑系配信者……疾風だったか……がカメラを見て、わざとらしくガッカリしたジェスチャーをしている。

違うんだよ、こっちはそれどころじゃないんだよ。子供の遊びならそっちで勝手にやってくれ。というか、ちょっと待て、今これ、撮影されてるのか？　まずい！

俺は慌てて顔を背ける。

スカーフで顔を隠しているとはいえ、今の時代、どこから個人情報が流出するかわからない。できるだけ、ネット上に痕跡は残さないに限る。

ああ、もう、なんでこんな事になってるんだ。

俺は早くダンジョンから出たいだけなんだ。

……段々腹が立ってきた。

喧嘩だって？　喧嘩すればいいのか？

苛立(いらだ)ちが限界を迎えたためか、俺の判断力も荒れ気味だ。

「わかった」

俺は地声より声を低くし、そう言った。

疾風が振り返る。

「とっととやろう」

「おお？　了承って事でいいんだな？　じゃあ、先に言質(げんち)取っとくぜ。どんな怪我(けが)を負っても文句は言わない。治療費、慰謝料(いしゃりょう)は請求しない。喧嘩の動画の所有権と各種権利は俺の――」

「わかった」

いちいち確認している時間が惜しい。所詮(しょせん)、子供の遊びだ。

俺は「早くしろ」と言う。

「いいねぇ、中々ノリノリじゃねぇか！　じゃあ、始めるぞ！」

周囲から興奮の雄叫びが上がる。

いつの間にか、俺と疾風を中心に野次馬の輪ができ上がっていた。

疾風がファイティングポーズを取る。どうやら、近接戦闘型のようだ。

スタイルは格闘系……《ボクサー》あたりか？

野次馬の間から、「この前、リアルでも格闘技の試合に出てた」という声が聞こえてきたので、まぁその方向性で間違いないだろう。

「ストリートファイト最強伝説！　この俺、疾風の今日の相手は、今巷(ちまた)で話題の凄腕探索者だ！

行くぜぇ！」

カーン、というゴング音が疾風の撮影ドローンから鳴った。

今のが開始の合図か？　開始の合図だな。いいんだな。


——一秒後、疾風の首が飛んでいた。


「……あ？」

空中を飛ぶ頭部が逆さまの状態で、そう声を漏らす。

俺は一瞬で疾風に飛び掛かり、首を切り飛ばしたのだ。

スキル【陽炎】を使用したので、疾風にも野次馬にも、何が起こったのか理解できなかっただろう。

一瞬の静寂。直後、観衆から悲鳴が上がる。

「うわぁ！」

「ひ、人殺し！」

確かに、ダンジョン内とはいえ探索者を殺害したら殺人罪が適用される。

だが、問題ない。

何故なら——。

ドンッという爆発音とともに、土煙がモクモクと漂う。それが晴れると、五体満足の疾風が横たわっていた。

ちなみに、白目を剥いて気絶している。

「あれ？」

「死んでない？」

「ていうか、今、首飛ばされたはずじゃ……」

ざわめきが強まり、疑問の声が飛び交う。

今のは、俺の持つ武器に宿るスキルの効果が働いた結果だ。

俺の持つ左右一対の剣は、銘を〔沙霧〕という（刀身にそう刻まれているので、勝手に呼んでいる）。

昔、よく潜っていたこととは別のダンジョンの奥深くで獲得したアイテムだ。

そして、この沙霧には【峰打ち】というスキルがついている。

相手が探索者の場合、絶命に至るダメージを与えても死なないというもの。

ただし、相手は死亡する代わりにステータスがレベル一の状態に戻ってしまうが。

どうしてこんなスキルを宿しているのかは知らないが、使い勝手の良い武器なので特に気にしていなかった。

使用する機会のないスキルだと思っていたが、今回は役に立ったな。

こういう迷惑な奴に合法的にお灸を据えるのに最適のスキルだったようだ。

俺はとりあえず、後ろでポカンとしている銀髪の女の子にペコリと会釈をし、さっさと走り出す。

騒然とする観衆の中を瞬く間に駆け抜け、第一階層から脱出。

即座に換装を済ませ普段の姿に戻り、急いで課長に電話を掛ける。

「おっせぇ！　おっせぇ！　何百年待たせるつもりだ！　渡ぃ！」

「すみませんでした！　ちょ、ちょっと寝てしまっていて！」

そこからはもう……さっきの迷惑系配信者を倒した時の何倍もの手間を掛けて、平謝りするハメになった。

◇◆◇◆◇◆

——その翌朝。

昨夜に続きネットニュースに流れた記事が、またまた世間を騒がせる事となった。

〈謎の凄腕探索者、喧嘩上等配信者疾風を瞬殺　疾風の迷惑行為に悩んでいた被害者達も絶賛「強過ぎ！」「かっこいい」「本当に何者？」〉

第四話　《影狼》

「で、昨日言った通り、直したのがコレ、と」

「……あいす」

始業後のオフィスにて、俺は鬼島課長に企画書を提出した。

昨夜、わざわざ夜中に電話を掛けてまでお伝えいただいたありがたい改善案を元に、俺が朝方まで時間を使い修正したものだ。

まぁ、昨日の電話での喋り口調から察するに、完全に酔ってたみたいだったけどね、この人。

改善案っていっても、正直今思い付きましたみたいなアイデアばっかだし。

とはいえ、そうやれと言われたら大人しくやりますよ、上司の命令なので。

ちなみに、退勤後の俺に電話で修正指示している時点で完全に持ち帰りのサービス残業を把握（はあく）している形なのだが、上司のくせにそこは完全に無視している。

おかしいね。

鬼島課長は企画書をペラペラとめくり、内容に目を通していく。

「んー？」とか「はぁ……」とか、何やら含みのある反応をしながら、最終的に「いいよ、今回はこれで」と言って終わった。

俺は「失礼します」と頭を下げて、自分のデスクに戻る。

……ふぁぁぁああああああああああああああ！

そして、心の中で雄叫びを上げる。

なんだ、その「もう時間もないし許してやるか」みたいな反応！　こっちは言われた通り直したぞ！　なんで不服なんだよ！　「なぁんか違うんだよなぁ」「わかってないなぁ」みたいな顔しちゃって、ぎぃいいいいいいいいいい！

「……クスッ」

頭の中でもんどり打っていると、隣の席から笑い声が聞こえた。

「昨日に引き続き今日も荒れてますね、渡さん」

「……ええ、そりゃもう荒れますよ、吉田さん」

俺は隣の吉田さんに愚痴を零す。

こんなパワハラ上司にいびられる毎日、彼女に愚痴を零す時間が唯一の救いだ。

「そんな渡さんは、可愛い動物の画像で癒やされてください。ほら」

「わー……かわいい」

吉田さんが、ネットニュースのページが表示されたスマホを俺に見せる。

中国の動物園での、「飼育員さんが大好き過ぎるパンダの赤ちゃんがかわいい」という和やかなニュースだ。

飼育員の足にしがみ付いて離れない、小さな赤ちゃんパンダの姿が微笑ましい。

いいねぇ、世の中のニュースはもう全部こういうのでいいよ。

「……ん？」

と、そこで、俺はある事に気付く。そのページに表示されている、注目ニュースのラインナップ。

その中に、気になる見出しを発見した。

「……謎の凄腕探索者、喧嘩上等配信者疾風を……」

「渡さん、この記事が気になるんですか？」

吉田さんが見出しをタップすると、記事が開かれる。

「今、配信者界隈でホットなニュースみたいですよ。凄い数のコメントが付いてますね」

「……」

「へぇ、誰彼構わずストリートファイトを挑んでた配信者が、逆に返り討ちに遭ったんですって。しかも、その相手が名も名乗らずに去ったので、あの人は誰だって大騒ぎになってるみたいで」

「……」

「渡さん、探索系配信者の動画に興味あるんですね」

「……」

「……渡さん？　顔真っ白ですよ」

俺は絶句していた。そこに書かれている内容が、完全に昨夜の一件の事だったからだ。

鬼島課長からの電話と、企画書の修正に意識を持っていかれていたので、完全に忘れていた。

ネットニュースの記事には、おそらくその時配信されていたと思われる動画の切り抜きが貼り付けられている。

瞬殺され、気絶し横たわる疾風の姿と……。

沙霧を振り抜いた状態で振り返る、俺の姿。

「こ、これ……」

俺は、恐る恐る声を発し、吉田さんに聞く。

「結構、話題になってるんですか？」

「みたいですね。ほら、見出し横のコメント数も一万件を超えてます」

「……」

「渡さん、何かご存じなんですか？」

「いいえ、何も！」

俺は無理やり笑顔を作り、「さーて、仕事仕事！」と腕まくりしながらパソコンに向かう。

「……」

やばい。

なんだか知らないが、かなり騒ぎになっている。

俺の姿が、ネットの海に放流されている。

大丈夫か？

結構画像は粗かったし、ちょっとしか映ってなかったし、俺だってバレないよな？

気にし出すと、不安が止まらない。

俺は自身のスマホを取り出し、先程の記事に関する検索をしてみる。

すると、某大型掲示板に専用スレッドが立てられているのを発見した。


【シュガァ救出】流離（さすら）いの凄腕探索者について語るスレ【疾風瞬殺】7（915）

想像以上にとんでもない事になってる⁉

俺はスレッドの中を覗いてみる。


〈やっぱダメだ、何回見ても早過ぎて動きが追えない〉

〈もっと画質の良い画像ないの？〉

〈顔が見えん〉

〈きっとイケメンだろ〉

〈イケメンならわざわざ顔隠しません。ブサイク確定〉


うるせぇ！

こっちは身バレしたくないだけなんだよ！

予想通り、スレッドの中では好き勝手な想像や推論が飛び交っていた。


〈私、昨日新東京ダンジョンの第四階層に潜っていたのですが、手強いモンスターに襲われていたところをこの人に助けてもらいました！　噂通り、お礼を言う間もなく去っていってしまいましたが……〉

〈さすが、流離いの凄腕探索者〉

〈スレタイに偽りなし〉

〈実力的に考えて、プロの探索者じゃないか？〉

〈ランクもSランクでしょ〉

〈Sランクのプロなんて日本に数人しかいないのに？〉

〈俺はプロの探索者の戦闘動画を何百と見てきたけど、明らかにS級相当の実力があると思う〉

〈特定できそうだな〉

〈次からスレタイ「流離いのS級探索者」にしようぜ〉

〈じゃあ、お前がスレ立てよろしく〉

〈ちょうど950踏んだからそうしとくわ〉

〈乙〉


……S級……。

まぁ、確かに探索者の中にはきちんとした手順を踏んで、職業にしているプロもいるらしい。

プロは実力でランク付けがなされており、その中でもトップのランクがS級だとか。

……いやいや、俺がS級って。それは流石に言い過ぎでしょ。

戦闘とダンジョン攻略を生業にして、日々厳しい訓練を積んでいる人達と俺が同等なわけない。

プロの皆さんに失礼過ぎる。

〈でも、このスピードは異常でしょ。ステータスどうなってるんだ？〉

〈スキル持ちなのかな？〉

〈アイテムとか、装備の性能じゃね？〉

〈スキル【陽炎】だったりして〉


……うお。俺は思わずビクッとする。


〈【陽炎】？〉

〈【陽炎】なんてスキル聞いた事ないけど〉

〈俺も噂話程度にしか聞いてないけど、かなり特殊なスキルで、目覚めた探索者は過去に一人くらいしかいないらしい。その探索者は、ダンジョン黎明期（れいめいき）の参加者だったからデータがほとんど残っていないとか〉


マジか、言い当てられてる。

なんだかドキドキしてきた。

こういう考察の対象になるのって、かなり心臓にくるな……。

〈黎明期って、結構前じゃん〉

〈じゃあ相当ベテランだな、やっぱS級だろ〉

〈ちなみに【陽炎】ってどんなスキル？〉
〈どんなんだったっけ。確か、一瞬だけ相手の意識から消えるみたいな〉
〈見えなくなるって事？〉
〈一瞬だけ存在を認識されなくなる……って感じか〉
〈めっちゃ中二ｗｗ〉

おい、笑うな。

〈初見なら対処のしようがねぇな、スキル影狼〉
〈影狼じゃなくて【陽炎】な〉
〈影狼の方が中二感増すなｗｗｗ〉
〈流離いのS級探索者――影狼〉
〈我が名は影狼……闇を彷徨(さまよ)う羅刹(らせつ)の刃……〉
〈影狼さんかっけーｗｗ〉
〈影狼ｗｗ〉
〈お前等、闇を彷徨う羅刹の刃さんの事、影狼って言うの止めろよ！〉

……くっ、変なあだ名を付けられた上にイジられ始めたぞ！

悪いインターネットのノリだ。

こういうところは、俺が学生の時から全く変わってないよな。

しかし、事態は思った以上に大騒動に発展しているようだ。

流石に、リアルの俺にまで影響はないと思いたいけど……。

「もう、ダンジョンには顔を出さない方が良いかもしれないよなぁ……」

そう、悶々と考えていると……。

「いつまでスマホ見てるんだぁ？　余裕だな、お前～」

「ひっ！」

俺は椅子の上で飛び上がる。振り返ると背後に鬼島課長が立っていた。

「仕事しろぉ！」

「すみません！」

完全に俺が悪いので素直に謝り、パソコンに向き合う。

ともかく、俺の行動がどれだけ世間を騒がせているのかは知らないが、所詮は探索系配信者界隈
という狭い世界での話に過ぎないだろう……多分。

その内収まるはずだ。

俺はただの社畜として、目の前の仕事を頑張るしかない。

◇　◆　◇　◆　◇　◆

「……うわぁ」

その夜。

会社終業後――俺は念のため、昨日と同じく新東京ダンジョンに足を運んでみた。

予想通り……いや、予想以上に、凄い数の人でごった返していた。

ざわざわと賑わう人々の間からは「影狼」「影狼」と聞こえてくる。

完全に影狼のせいだ。

いや、俺の事なんだけどさ……。

「……流石に、ここには入れないな」

俺は呟き、ダンジョンに背を向け帰路についた。

今日はダンジョンには潜らない。というか、しばらくは潜らない。

罷り間違って素性がバレて、会社にどやされるのは勘弁だ。

せっかく、良いストレス解消法を見付けたと思ったんだけど……。

そこだけが残念だ。

「んー……だけどなぁ……」

今日は帰る、と決めたが、なんだか後ろ髪を引かれてしまう。

俺は何となく、スマホを取り出し動画サイトで影狼で検索を掛ける。

すると、思った通りだった。

現在、あの新東京ダンジョンで多くの探索系配信者が、自身のチャンネルで生配信を行っているようだ。

「幻の探索者、影狼を捜索！」とか「本物の影狼に会いに来ました！」とか、そんなタイトルばかりである。

俺は、その中から適当に一つのチャンネルを開く。

若い男の探索者五名がパーティーを組んでおり、ダンジョンを進んでいる。

動画タイトルは、「影狼と遭遇できるまで帰れません！」というものだった。

「現在、第五階層まで来ましたぁ！　結構モンスターも手強いです！」

「影狼、全然見当たらないわ……」

彼等は協力しながらモンスターを倒し、影狼を探してダンジョンを彷徨っている。

倒しているモンスターの種類から、あのダンジョンの第五階層辺りだとわかる。

「他の配信者も、まだ会えてないみたいだな……」

ああ、そりゃそうだ。俺はここにいるからな。

「今更だけどさ、本当にいるのかよ？」

「いやいや、シュガァが二回も遭遇してるんだぜ？」

シュガァ……シュガァって誰だっけ？

聞いた覚えがあるような……。

「でもまぁ、もし会えたら今日の一番乗りって事だろ！」

「よし、リスナーの皆さん！　俺達は今夜、影狼と遭遇できるまで絶対にダンジョンから出ません！　どんどん潜ってくつもりなんで、ヨロシク！」

完全にＵＭＡ――未確認生物扱いだな……。

「会ってみてぇなぁ……影狼さん。あの強さの秘訣とか、ぶっちゃけＳ級のプロですか、とか。色々質問するつもりなんで！」

……。

息巻いているところすまんが、今宵の君らの努力は徒労に終わるよ。

嘲笑気味に溜息を吐きながらも、配信からは目を離せない。

道路の端に突っ立って、しばらく動画を眺めていた。

すると――。

「え、ちょちょ、ちょっと待って、なんだこいつ等！」

「見た事ないモンスターだぞ！」

「すげぇ数！」

……おいおい、やばいぞ。

第六階層の奥に差し掛かった辺りで、彼等のパーティーがピンチに陥っていた。

何十という数のキノコが、彼等を取り囲んでいる。

いや、正確にはキノコの形をしたモンスター達だ。

傘の部分の下に、ギョロッとした目が輝き、柄（え）の部分から太い腕と足が生えている。

植物系のモンスター、マタンゴだ。

先日のタイラントのように、こいつも本来ならもっと下の階層にいるはずのモンスターである。

しかも、タイラントよりも厄介なのは、群れで出現したという事。

「くそっ！　来るな！」

パーティーの一人が刃を振るう。

まずい――と思った時には遅かった。

切り裂かれ真っ二つになったマタンゴ――その切断面が膨（ふく）れ上がり、それぞれ独立し別々のマタンゴとして再生したのだ。

「ふ、増えたァ!?」

「ダメだ！　こいつ等、切ると増えるぞ！」

それが、このマタンゴの恐ろしいところなのだ。

見たところ、彼等の得物はどれも直接攻撃系の物。その状況でも対処方法はあるのだが、察するにその知識はなさそうだ。

彼等は徐々に徐々に、大量のマタンゴに呑み込まれていく。

このまま身動きを封じられ、菌の苗床（なえどこ）にされるのがオチだろう。

こういう事があるからダンジョンは危険なのだ。

その時――。

〈影狼、助けてくれー！〉

阿鼻叫喚を極めていたコメント欄に、そんな文字が走った。

「なっ……」

〈影狼―――！〉

〈影狼さん助けてください！〉

〈やばいやばい！　影狼！　お願い、来て！〉

〈影狼来てくれ―――――――！〉

コメント欄が、影狼を呼ぶ声で大騒ぎになる。

「いや、呼ばれたって困るって！」

勝手に俺を見付けると言いダンジョンに潜って、勝手に襲われているだけだ！

俺はスマホをポケットにしまう。俺だって、これ以上身バレするような事はしたくない。

「……関係ない、関係ない」

呟きながら早足で歩く。

しかし、脳内にピンチの探索者達と、助けを呼ぶコメントがリフレインする。

「……」

俺は足を止める。

「……勝手に人を探し出そうとして、危機に陥って、助けを求めて……」

気付くと、俺は振り返ってダンジョンの方向に駆け出していた。

「くそっ！　一言文句言ってやらなくちゃ気が済まん！」

第五話　降臨祭

「も、もう駄目だぁ！」

新東京ダンジョン――第五階層。

謎の凄腕探索者、通称影狼を探しにやってきた探索系配信者のパーティー――「影狼と遭遇できるまで帰れません！」を撮影中だった――は、現在おびただしい量のマタンゴ達に囲まれていた。

切っても、殴っても、叩き潰しても減らない……むしろ増殖していくばかりの植物系モンスターに、完全に為す術を失っていた。

「う……」

「や、やべぇ……」

五人組の彼等は、そこでふらふらと尻もちをつく。

周囲にはマタンゴが発する胞子が蔓延している。
それを吸ってしまった彼等は、催眠効果によって眠気に襲われていたのだ。

〈寝るなー！　寝たら死ぬぞー！〉
〈起きろ！　起きて逃げろ！〉
〈影狼！　影狼！〉
〈影狼どこだよ！　早く早く！〉
〈誰か影狼呼んでーーーーー！〉

近くを浮遊する撮影用ドローン。
セットされたタブレットの画面には、阿鼻叫喚のコメント欄が映し出されている。
しかし、彼等を応援する声も、助けを呼ぶ声も届かない。
五人の若者達の姿が、マタンゴの群れに呑み込まれる……。

――瞬間、途轍もない速度で駆け付けた何かが、彼等の前に着地した。
ドンッ――と、鳴動する地面。
その衝撃で、マタンゴ達が後ずさりする。

「え……」

「だ、誰……」

目を見開く若者達の視界に映ったのは――。

「う……嘘……」

「……影狼？」

彼等が探し求めていた謎の探索者――影狼の後ろ姿だった。

◇◆◇◆◇◆

〈影狼さんキタ――――――！〉

〈うおおおおおおおおおおおおお！　影狼ぉぉおおおおおおおおお！〉

〈KAGEROU！　KAGEROU！〉

〈キタ―――――――――――！〉

〈駆け付けてくれたぞ、影狼が！〉

〈降臨祭じゃああああああああああああ〉

……騒がしいな、クソッ。

手にしたスマホの中、「影狼と遭遇できるまで帰れません！」の放送画面の中に俺の姿が見える。

近くを飛んでいる、あのドローンが撮っているのだろう。

動画のコメント欄が、目で追えない程の速度で流れていく。

一体、どれだけの人間が観ているのだろう……背筋が凍る思いだ。

「……ったく。とっとと終わらせるぞ」

スマホは一旦仕舞い、俺は愛剣――沙霧を構える。

突如現れた俺を警戒しながら、マタンゴ達はジリジリと近寄ってきている。

「に、逃げ……」

何とか立ち上がろうとする若者パーティーを、俺は手で制する。

確かに、マタンゴは恐ろしいモンスターだ。

増殖力、再生力、胞子には催眠効果まである。

しかし、動きは至って鈍重であるし……。

（……こいつ等には、致命的な弱点が存在する）

俺は腰の道具袋に手を突っ込む。

取り出したのは、昨日ブラックスライムを倒した時にドロップしたアイテム――黒油だ。

この黒油を握り潰すと、表面の薄皮が破れ、中からドス黒い油が溢れてくる。

俺はその油を、沙霧の刀身に満遍なく塗り広げ――そして、地面に切っ先を走らせる。

火花が散り、沙霧の刀身を炎が包んだ。

〈炎⁉〉
〈影狼は、刃に炎を纏わせられるのか⁉〉
〈火遁（かとん）の術か⁉〉

……撮影用ドローンのせいで、チラチラコメントが目に付いて気が散るな。
まぁ、いい。もう勝つための道筋はできている。とっとと終わらせよう。
俺はマタンゴの群れに飛び掛かると、沙霧を振るう。
斬撃を受けたマタンゴ達は、次々に切り裂かれ宙に舞う。
しかし、その断面が再生する事はない。
炎に包まれ、一瞬で体が灰になる。
そう、マタンゴの致命的な弱点とは、炎だ。
黒油は粘着質な油。
炎は油そのものに着火しているため、高速で刃を振るっても簡単には消えない。
時間にして、ものの数分だった。
その場を覆い尽くす程いたマタンゴの群れは、消滅した。
全てが灰となり、土へと還（かえ）った。
「ふぅ……」
刃を音速で振るい、付着した油を炎ごと掻き消す。

両手の沙霧を腰に戻し、俺はスカーフの下で息を吐いた。

「うおおおお！　すげぇ、つええ！」

「噂通りだ！」

「やっべ、本物の影狼!?」

そこで、窮地から一転、ハイテンションになった五人の探索系配信者達が俺へと駆け寄ってきた。

全員、かなり興奮している様子だ。

撮影用ドローンも寄ってきたため、またコメント欄が見える。


〈マジかよ……七十体近くいたよな……〉

〈本当に瞬殺しちゃったよ〉

〈ちょっと感動しちゃった〉

〈影狼……まさか、本当に見られるとは〉

〈ちょっと誰かシュガァに連絡してー！〉

〈影狼さん！　ファンです！　一言お願いします！〉


「……」

俺は、瞑目(めいもく)して首を左右に回し、音を鳴らす。

「あの、すみません！　あなた、最近話題になってる――」

五人組の一人が、俺に話し掛けてきた。

――瞬間、俺は沙霧を抜いて、その探索者の首を刎ねた。


「え？」

ポカンとする仲間達。

俺は瞬時に、次のメンバーの首を刎ねる。

「え、ちょ、待って！」

「す、ストップ！　ストップ！」

「影狼さん!?」

慌てふためく探索者達を、俺は問答無用で切り払う。

致命傷を負った彼等の体が倒れ伏す――そして、全員の体が爆煙に包まれた。

煙が晴れると、皆、五体満足の状態で地面に横たわっていた。

「【峰打ち】をした」

俺は、彼等に言う。

「全員、生きてはいるがステータスはレベル一の状態だ」

俺と疾風の一件は知っているはずだ。

自分達の身に何が起こったのかを理解したのだろう。

五人は、顔を青くして呆然とする。
そんな彼等に、俺は淡々と告げる。
……できるだけ声を低く作って、怒っている事が伝わるように。
「ピンチになったからと言って、勝手に俺を呼ぶな」
睥睨（へいげい）しながら言うと、彼等は「ヒッ」と悲鳴を漏らす。
俺は続いて、配信中のドローンを振り返る。
「俺を探し出そうとするなら、こうなる。覚悟しておけ」
そう、これは警告だ。
これ以上大事に発展しないように、俺は影狼として警告を発する。
……やり過ぎただろうか……。
いや、これくらい厳しく言っておかないと。
きっちり痛い目に遭わないとわからないだろうし。
それに、調子に乗って呼ばれまくったらキリがない。
何分、こっちはいつでも助けに駆け付けられる立場ではないのだ。
俺は基本、会社員だし……社畜だし……こっちにもこっちの生活がある。
「す、すみませんでした……」
ふと見ると、五人組は正座をして反省した様子だ。
ドローンのタブレット画面を通し、コメント欄が見える。

〈影狼、厳しい……けど正論だわ〉
〈今回はこっちが悪い〉
〈残当〉
〈そりゃそうだ。勝手に探されたり呼ばれたりしたら迷惑だよな〉
〈流石は歴戦のS級探索者。威厳たっぷりだな〉
〈かっこいい〉
〈ファンになりました〉

……んー……まぁ、好意的なコメントが多いし……大丈夫、かな？
……まぁ、しばらくダンジョンに潜らなければいいだけの話か……。
せっかく見付けた、心躍る趣味。昔の頃を思い出し、熱中できるもの。
それを失うのは残念だが……。
俺は溜息を吐き、振り返る。
その場に背を向け、足早に去ろうとする。
「捕まえたーーーー！」
その時だった。
何かが真横からロケットのように突っ込んできて、俺の胴体に飛び付いた。

「ごはっ⁉」

完全なる不意打ちに、俺はその人物ともみくちゃになりながら地面を転がる。

「今度こそ離しません！」

顔を上げる。

俺の目に映ったのは、いつぞや見た美少女の姿。

「き、君は……」

「影狼さん！」

仰向けに倒れた俺の腹の上に跨がり、彼女は叫ぶ。

その大きな両目をキラキラさせ、アイドルのような輝かしい笑顔を浮かべる。

「配信には興味ないですか？　私と一緒に、配信しませんか⁉」

探索系配信者——シュガァの言葉に、俺はポカンとするしかなかった。

◇◆◇◆◇◆

——スマホのアラームが鳴っている。

「……朝か」

俺はベッドの上で体を起こすと、鳴り響くアラームを解除した。

独身男が一人暮らしするにはちょうどいい、１Ｋの一室。

俺は手にしたスマホのカレンダーを見て、溜息を吐いた。

「そうだ、行かないと……」

今日は休日。

日々業務に心身を焼かれる社畜にとって、心と体を休められる貴重な週末。

無論、持ち帰りの仕事と上司からの緊急連絡がない限りだが。

まぁ、今日は奇跡的に前者のない土曜日である。

いつもの俺なら、だらだらと寝転がって一日を浪費する事だろう。

「顔洗って、歯磨いて、シャワー浴びて……やべ、休日に外出するなんて久しぶりで、何をすればいいのか忘れてるな」

そう、今日は用事がある。

ある人と待ち合わせをしているのだ。

◇◆◇◆◇◆

——先日、新東京ダンジョンでマタンゴの群れから探索者達を救出した後の事。

「待ってください！」

俺は、いきなり現れてタックルと同時にテイクダウンを奪ってきた女の子から逃れようと、勢い良く起き上がる。

そして走り出そうとしたのだが、女の子はしつこく俺の腰に抱き付いて離してくれない。

「大丈夫です！　今、配信はしていません！」

なんとか逃げようとする俺と、意地でも俺にしがみ付く女の子。

しっちゃかめっちゃかになりながら、あっちへふらふらこっちへふらふら移動している内に、救出した探索者達のいた場所からも随分と離れてしまった。

「は、話だけでも！　話だけでも聞いてください！」

「な、なんなんだ、君は……」

周囲に人気（ひとけ）のない場所まで辿り着いたところで、俺は遂に観念（かんねん）した。

本当に、タコのようにしがみ付いて離してくれないのだから、仕方がない。

それに、若い女の子に密着されたまま延々ともみくちゃになるというシチュエーションから、ともかく早々に脱するべきだと良心が判断したためだ。

俺はスカーフを更に持ち上げ、顔を隠し、声も低く作りながら言う。

「もう、逃げない。だから、離してくれ」

「ありがとうございます！」

女の子は俺から離れ、目の前に立った。

……本当にオーラに溢れた女の子だ。

銀色の髪に大きな目、ミニスカート姿……思わず目を奪われてしまう。

「改めまして。初めまして、影狼さん。といっても、私はもう二度、影狼さんと会っているんですけど」

「ああ、まぁ……確か、そうだったか」

「覚えてくれてたんですか⁉　嬉しい！」

そう言って、女の子は本当に嬉しそうにはしゃぐ。

「私は、シュガァという名前で探索者をやっている者です。影狼さん、早速ですがお願いがあります」

シュガァ――と名乗り、彼女は俺に頭を下げる。

「私の配信に、参加してくれませんか？」

ダンジョン内で長々と雑談はできない。

しかも、時間は既に夜中だ。

俺には翌日も出社の予定があるので、その日は一旦お開きとなった。

――また改めて、次の土曜日に外で会いましょう。

そう、シュガァと約束をした。

……つまり、本日俺は、あの女の子と待ち合わせをしているという事だ。

できれば逃げたかったんだけど、彼女の「逃がしませんよ？」オーラが凄まじかったんだよな……。

これで約束をドタキャンでもしたら、どうなるかわかったものではないし、なんならちょっと怖い気配すらするし……。

ちなみに、俺が【峰打ち】を食らわせた五人組の探索者達に関しては、戻ってみると遅れてやってきたらしい救援の探索者達に保護されていた。

あれなら俺が地上まで送らなくても大丈夫だろうと思い、そのまま任せることにした。

その場に顔を出したら、また面倒な事になりそうでもあったし。

「……ふぅ、ちゃんとした外行き用の私服を着るのは、久しぶりだな」

というわけで、新宿駅の近く——指定された待ち合わせ場所の喫茶店の前に立ち、俺は呟く。

休日に外出するなんて、本当に久しぶりである。

基本職場と家を往復するだけの毎日で、仕事の思い出しかない。

……うん、病的なまでに社畜だな、俺。

「あの」

そう思っていると、背後から声を掛けられた。

振り返ると、そこに女の子が立っていた。

「あ……」

俺は思わず息を呑む。

そこにいたのは、フリルのあしらわれた白いシャツに、黒のコルセットスカートというフェミニンな格好の少女だった。

長いストレートの髪は、黒色。

しかし、整った顔立ちと大きな目……何より、その心地好い声音でわかる。

「影狼さん……ですか？」

「あ、はい」

「この姿では初めましてですね。私、早藤雪姫（さとうゆきひめ）といいます。普段は、都内の高校に通っている生徒です」

ダンジョンで換装した姿ではないが、それでも、美少女には変わりない。

シュガァ——改め、早藤雪姫さんは、そう言ってペコリと頭を下げた。

「こちらこそ、初めまして。ええと……」

自分で名乗るのは恥ずかしいが、その名前が通ってしまっているのでもう仕方がない。

「影狼……改め、渡陽向といいます。申し訳ありませんが、普通の会社員です」

会社員である事を申し訳なく思う必要はどこにもないのだが、何となくそう言ってしまった。

緊張してるな、俺。

高校生相手に、年上のくせに恥ずかしい。

「渡陽向さん……」

早藤さんは、俺をジッと見上げる。

小動物が興味深げに人間を見詰めてくるような、それに似た愛らしさがある。

「影狼さんって……」

「は、はい」

「普段は普通の人なんですね」

女子高生らしいドストレートな物言いである。

あの影狼の中の人……という事で、もっとイケメンとか渋カッコイイ男だと夢見ていたのだろうか？

まぁ、別に傷付きはしないが。

「すまないね、こんなひからびた社会人で。がっかりしたろ？」

俺が答えると、早藤さんは慌てて手を振って否定する。

「いえ、違います！　決して悪い意味じゃなくて！　あれだけ凄い実力の持ち主だから、なんというか、普段から異形のオーラを纏っている方だと思っていたので」

「異形のオーラ」

「ネット上じゃS級の探索者なんじゃないかっていう噂もあるから、それこそ修羅の領域の住人みたいな感じなのかと」

「修羅の領域の住人」

言葉のセンスが独特だな、この子。

俺が呆けていると、早藤さんは「すみません、言葉選びが……」と、恥ずかしそうに頬を染める。

「つまり、その……ギャップがあって、ビックリしたっていう意味です。こんなに普通の人が、あんなに強くてかっこよ……頼りになる、凄腕探索者の影狼さんだなんて。正に世を忍ぶ仮の姿って感じですね」

んー……褒められてると取っていいのかな？

まぁ、おべっかだろうけれど。

「とりあえず、立ち話もなんだから中に入ろうか」

「はい」

俺は早藤さんと共に、喫茶店へ入った。

「ごほん、では、早速本題に入ります」

人もまばらで、落ち着いた雰囲気の穏やかな喫茶店。

入店し、席に案内され、注文を終えたところで、向かいの席の早藤さんが早速口火を切る。

「影狼さん、動画配信には興味ありませんか？」

先日、ダンジョンの中で捕まった際にも言われた台詞。

「私、以前影狼さんに……」

「あ、ごめん。この姿の時には、あまり影狼って呼ばないでくれるとありがたいかな」

言葉を遮り、俺は忠告しておく。

大丈夫だとは思うけど、俺が影狼であるという事実は知られたくないのだ。

……特に、会社の人間には。

「そうでしたね、ごめんなさい。もしも影狼さんのファンの方に見付かったら、大騒ぎになってしまいますもんね」

「いや、ファンなんていないと思うけど……」

「じゃあ、ええと……陽向さん、でいいですか？」

早藤さんは、おずおずと俺の名を呼ぶ。

下の名前で呼ぶのか、フレンドリーだな。

「以前、陽向さんにタイラントから助けてもらった後、私、色々と影狼さんの事を調べたんです。ネットで検索したり、友達に聞いたり……でも、まったく情報が出てこなかった」

「うん、まぁ……俺は頻繁（ひんぱん）にダンジョンに潜ってるわけじゃないから」

本当は、あの日が数年ぶりだったのだが。

しかも、サービス残業のついでで。

「ネットじゃ、実はプロのＳ級探索者がお忍びでダンジョンに潜ってるんじゃないかって噂にもなってます」

「言い過ぎだよ。俺程度の実力で比較されたら、プロの人達に申し訳ない」

「プロではない……つまり、あくまでも陽向さんは趣味でダンジョンを探索している、途轍もない実力者という事ですよね」

「まぁ、そうなるのかな……」

「もったいないです！」

早藤さんは、熱気の籠もった声で叫ぶ。

声が大きい！

「それ程の実力がありながら、日の目を見ずにいるなんて！　配信者になれば、一気に人気者になれますよ!?」

「いや、俺は別にそういうのに興味はないから。配信なんて、若い子達の遊びっていうか、俺には向いてないっていうか」

早藤さんを宥めながら、俺は適当な言い訳を並べる。

「……もしかして」

そこで、早藤さんは声を潜める。

「陽向さんも、配信者なんて子供の遊びの延長。それで稼げるのは一部の運が良い人間だけだろ……っていう考え方ですか？　他の大人達みたいに」

「え……」

おっと、地雷を踏んでしまったのだろうか？

急激に声のトーンが落ちた。

俺は思わず息を呑む。

「いや、そういうわけじゃ……ただ、あまり知られたくないんだよ。俺が影狼だって」

「身バレしたくないって事ですか？　大丈夫ですよ！　ダンジョンで換装すれば格好は変わりますし、私だって陽向さんが影狼さんと同じ人だなんて初見じゃ信じられませんでしたし！」

……フォローなんだか、貶されてるんだかよくわからないな。

いや、どうやら彼女は大真面目なようだ。

その後も、早藤さんは俺に配信者になるべきだと猛アピールしてくる。

配信がどれだけ楽しいのか、副業としてどれほど儲かるのか。

凄い勢いでプレゼンされてしまった。

傍から見たらセールスに勧誘されている人だと思われたかもしれない。

「だから……」

やがて、一通りアピールが終わった後。

早藤さんは、上目遣いで俺を見詰める。

「その……私と一緒に、動画配信をしませんか？　影狼さんと一緒なら、きっと楽しくなると思うんです」

「……」

儲かる儲からないはどうでもいい。

配信者という職業にも別に偏見はない……一部を除いて。

だが、この数分間で何より伝わってきたのは、早藤さんの……シュガァの熱意だった。

彼女は本当に、俺と一緒に動画配信できたら嬉しいと、その気持ちだけで誘ってきてくれているのだ。

「……」

本当は怖い。

会社にばれたらエラい事になるだろう。

うちの会社、確か就業規則では副業禁止ではなかったと思うが、そんなものにはなんの意味もないし。

鬼島課長の耳に入りでもしたら、何を言われるかわからないし……。

でも……。

……正直言うと、やってみたい……。

そんな気持ちが膨らんでいた。

……結局、俺もどこかで望んでいるのだ。

この鬱屈とした日々から抜け出すための、何かを。

「わかった、やろう」

俺が言うと、早藤さんはパァッと表情を輝かせた。

「ただ、いきなり自分のチャンネルを立ち上げるのは流石に怖い」

「では、まずは私のチャンネルに出る形で試しにやってみましょう」

「あと、俺が一番に恐れてるのは身バレだ。撮影中はあまり喋らないし、顔もできるだけ隠すから」

「大丈夫です。それでこそ寡黙でストイックな影狼という感じです！　キャラ作りは大切ですからね」

キャラ作りではないのだが……。

何はともあれ、俺は早藤さんと共にダンジョン探索の配信をする事になった。

そこで、注文したドリンクがやっと運ばれてきた。

ちなみに俺が注文したのはタピオカミルクティー。

彼女と一緒にいたら、なんだか若い頃の気分になって注文してしまったのだ。

「わ、タピオカだ！」

俺が注文したドリンクを見て、早藤さんが騒ぐ。

「懐かしい！　すごく昔にブームでしたよね！」

「……」

ジェネレーションギャップ。

不意打ちでダメージを受ける俺なのだった。

第六話　初コラボ

「ふぅ……」

シュガァこと、早藤雪姫さんとの話し合いを終えて、俺は自宅に帰ってきた。

「つ、疲れた……」

俺はフラフラとベッドに倒れ込む。

配信に参加する旨を承諾した後の、早藤さんの盛り上がりっぷりったらなかった。

喫茶店にて約三時間あまり、彼女は影狼とコラボできる事を本当に嬉しそうに、楽しそうに語り続けた。

今をときめくインフルエンサーのパワー……いや、女子高生のパワーに圧倒され、俺のようなお疲れ社畜社会人は相槌を打つので精一杯だった。

「明日、早速新東京ダンジョンに潜りましょう！　安心してください、私が全部サポートしますから！」

配信に関する打ち合わせも、そんな感じでだいぶ適当に終わってしまった。

「……って言われたが、本当に良かったのか？」

部屋の天井を見上げ、俺は今更ながら不安になってくる。

俺、本当に影狼としてダンジョン配信に出ちゃうんだよな？

やりたいと思ったのは事実だけど……いや、俺はただの会社員だぞ？

よくよく考えたら駄目じゃないか？

万が一、会社にバレたらどうするんだ？

「……早藤さんに連絡しようかな」

ちょっと不安になり、俺はスマホを取り出す。

そこでふと、嫌な予感がして動画サイトでシュガァのチャンネルを検索してみる。

開いた瞬間、トップページに「大・大・大・大告知!!」という文字が躍っていた。

〈なんと明日、超ビッグゲストを迎えてコラボ配信を行う事が決定しました！　ヒントは、今ダンジョン配信界で話題の「流離いのS級探索者」――●狼さんです！〉


「……こ、これもうヒントじゃねえ！」

ストレート過ぎるだろ！

告知メッセージには、もう既に何件ものコメントが付いている。


〈え!?　マジで！〉

〈完全に影狼じゃんｗｗｗ〉

〈超大型コラボキタ――――――！〉

〈謎のゲスト……一体、何影狼さんなんだ……〉

〈シュガァちゃん、遂に影狼と出会えたんだね……〉

〈あの闇を彷徨う羅刹の刃がよくコラボしてくれたな〉

〈まぁ、シュガァに頼まれたら断れないでしょ〉

〈何気にシュガァが男の配信者とコラボするのも初じゃね？〉

〈いつも友達の女の子達とイチャイチャしてばっかりだったしな〉

〈影狼……許さん……〉

〈おのれ、影狼……〉

〈まぁ、影狼なら仕方がない〉


「……なんだか、恨みを買ってる気がするぞ」

何はともあれ、もう手遅れだという事がわかった。

ここまで来て、「やっぱりなしで」とは言えない空気だ。

それに――。

『陽向さん、本当にありがとうございます！　一緒に配信できて、私、凄く嬉しいです！』

「……あんなキラキラした目で言われちゃあなぁ……」

今日の別れ際の、早藤さんの姿を思い出す。

仕方がない。ここまで来たら、腹をくくろう。

「……っと、その前に」

明日を万全な状態で迎えたい。

そのために、俺は突発の仕事が届いていないか、社用パソコンを開いてメールを確認しておく事にした。

本当は会社からの持ち出し不可なんだけど、放置しておくと「なんで即返事しないんだよ！」って文句言われるからねー、おかしいねー。

◇◆◇◆◇◆

――そして、翌日。

時刻は夕方。

「では……改めまして、本日はよろしくお願いします」

「よ、よろしくお願いします」

新東京ダンジョン、第二階層。

俺と早藤さんは、換装を済ませてダンジョン探索者――影狼とシュガァになっていた。

遂に、動画配信を開始する。

「事前の打ち合わせ通り、影狼さんは可能な限り発言はしなくて大丈夫です。視聴者への反応やコメント欄の読み上げは、基本的には私がやります。影狼さんは、いつも通り思うがままモンスターを倒してダンジョン攻略を進めてください」

「わかった」

言うや否や、早藤さ……あ、いや、今はシュガァか。

シュガァは、撮影用ドローンを操作。

REC(録画中)を表わす赤い表示が浮かび、遂にカメラが回り始めた。

「みんなぁ、こんにちは～！　あ、もう夕方だからこんばんはかな？　シュガァです！」

彼女が挨拶をすると、コメント欄が一気に動き出す。


〈キタ！〉

〈待ってた！〉

〈シュガァだ！〉

〈シュガァちゃ～ん〉

〈影狼はどこだ！〉


「あはは、もうみんな待ちきれないよね。その通り、今日は事前に告知していたコラボ企画を行います！　では、早速登場してもらいましょう！」

言うと同時、シュガァは俺の方へ移動してくる。

カメラもシュガァの動きを追って――。

「本日のゲストは、あの流離いのS級探索者――影狼さんです！」

シュガァが、その勢いのまま俺の腕に飛び付いてきた。

え、ちょっとスキンシップが激し過ぎないか⁉

俺は直立姿勢のまま硬直する。

緊張のあまり、ただ固まってカメラを凝視している事しかできない。

……数瞬の沈黙。

直後、コメント欄が爆発したかのような勢いで沸いた。

〈うおおおおおおおおおおおおお！　影狼だああああああああああああああああああ！〉

〈本物だああああああああ！〉

〈マジで本物⁉〉

〈偽物じゃない？　本人？〉

〈幻想（ユメ）じゃねぇよなぁ⁉〉

〈ひぃいいいいいいい出たああああああ！〉

〈影狼やん！〉

〈シュガァちゃんくっ付き過ぎ！〉

〈怖っ！　全然動かないし、顔怖い！〉

〈シュガァに腕組まれても動じてない……流石だ……〉

〈これが影狼〉

〈まさか、本物の影狼がカメラの前に現れるとは〉

〈どうやって接触したの⁉〉

「ふふふ……大反響ですね」

シュガァが楽しそうに囁く。

目で追うのもやっとの速さで更新されていくコメント欄。

その上に表示されている目のマークの付いたカウンターは……もしかして、現在の視聴者数か？

……一、十、百、千、万……なんだか、途轍もない速度で増えていっているんだが。

「〈どうやって接触したの!?〉……ふふふ、よくぞ聞いてくれました」

コメントの一つを取り上げ、シュガァはドヤ顔気味に微笑む。

「先日の、あの衝撃の出会いの後、私は影狼さんを見付けるためにあっちへこっちへ走り回りました。情報を集め、足跡を追い……そして、皆さんも見たでしょう！　ピンチに陥った探索系配信者達のもとに駆け付け、マタンゴの群れを瞬殺したあの配信！」


〈見た！〉

〈うん、知ってる知ってる〉

〈後で切り抜き見たぞ！〉

〈かっこよかった〉

〈正にヒーローだったな〉

〈ただの都合の良いヒーローじゃなくて、きっちりお灸を据えてたのも良かった〉

「あの後、私は影狼さんを発見！　追いすがり、お願いし、一緒にコラボをしてくれる事が決定したのです！」

〈シュガァ、めっちゃ頑張ってる！〉
〈シュガァにそこまでさせるなんて……〉
〈ていうか、シュガァちゃんもう影狼さんにホの字では？〉
〈ガチ恋……ってコト⁉〉
〈まぁ、命を救われて、ストーカーも退治してもらってるからね〉
〈疾風の件はもう忘れてやれｗｗ〉
〈ＫＡＧＥＲＯＵ　ＳＡＩＫＯＵ！〉

「というわけで、今日は影狼さんと一緒にダンジョンに潜っていきます！　この前進めなかった中層の入り口、第七階層へ再挑戦！　今夜はリベンジを狙います！」

〈シュガァ、全然へこたれてなくて草〉
〈この前酷い目に遭いかけたのに……タフだ〉
〈そこが推せる〉
〈ま、影狼さんが一緒なら大丈夫でしょ〉

〈ていうか、さっきから影狼まったく喋ってないよ〉

〈というか、動いてなくね？〉

〈CGじゃね？〉

〈え……怒ってる？〉


「……」

いや、緊張でガチガチに固まっているだけなのだが。

そこで、シュガァがツンツンと俺の腕をつつく。

「オープニングの挨拶はこれくらいにしますね。最後に、影狼さんから一言だけみんなにメッセージをお願いします」

何も喋らずに立ち尽くしたままでは、視聴者の印象が悪いと思ったのだろう。

シュガァが助け船を出してくれた。

何か、一言……って、何て言えば良いんだ？

ええと、この動画の視聴者達は、基本的にはシュガァのファンだよな？

それが……カウンターを見るに、もう20万人近くいる。

何か、シュガァのファンが喜ぶような事を……。

そういえば、この前彼女はタイラントに襲われてピンチになったんだった。

「……心配要らない」

俺は、極限まで声を低くし、小声で呟く。

「彼女の身は、何があっても俺が守る……」

……。

これで、よかったか？

一応、シュガァの身の安全を保証し、ファンの皆さんが安心するような台詞を選んだつもりだったのだが。

そんな俺の発言に、コメント欄が反応し始めた。


〈俺が守る〉

〈今、俺が守るって言った〉

〈シュガァは命に代えても俺が守る〉

〈影狼……〉


……いや、「命に代えても」は言ってなかったと思うが。


〈やだ、影狼カッコイイ……〉

〈全米が泣いた〉

〈惚れてまうやろおおおお〉

〈やっぱり影狼さんは一流だよなぁ〉

〈俺の女宣言じゃん〉

〈やはりこの二人……〉

〈カップル配信ですか？〉

〈シュガァに手を出すとは影狼見損ないました〉

〈あ、ふーん〉


な、なんだ、このこそばゆい空気は。

「な、何か変な事言っちゃったかな……」

俺は、シュガァにだけ聞こえるような声でそう囁く。

そしてチラッと見ると、シュガァは、顔を真っ赤にして俺を見つめていた。

「……ん？」

「あ……ありがとうございます！　えへへ、嬉しい。影狼さんに俺の女宣言していただいちゃいました！」

「いや、別にそういう意味じゃ……」

「では、ちょっと休憩を挟みましたら、ダンジョン攻略を開始します！」

〈照れてる〉

〈シュガァ照れてるやん〉

〈白雪姫の顔が真っ赤なんよぉ〉

シュガァはその肌の白さから「白雪姫」とも呼ばれている。

動画の画面に「休憩中」という文字が浮かび、カメラが一旦ストップする。

「えーと……」

「……い、行きましょう」

言うが早いか、シュガァはてくてくと先を歩き出す。

「流石、影狼さん。まさか、いきなりあんな発言で視聴者を煽るなんて……」

くるっと振り返ったシュガァは、わずかにか悔しそうな笑みを浮かべていた。

「楽しいコラボになりそうですね」

「……」

あれは、深い意味はなかったのだが……。

何はともあれ、こうして俺とシュガァのコラボ配信が開始した。

実に前途多難、波瀾万丈な気配を醸しながら。

第七話　ゴブリン退治

さて、シュガァの誘いに乗り、遂に始まったコラボ配信。

俺達は早速、新東京ダンジョンを進んでいく。

「今、第四階層に入りました。うーん、なんだか今日はあまりモンスターと遭遇しませんね？」

浮遊するドローンのカメラへと呟くシュガァ。

少し距離を置いて、俺はその後に続いている。

「何かあったのでしょうか……どう思いますか？　影狼さん」

そこで、シュガァは俺に話題を振ってきた。

ドローンも振り返り、俺をカメラに映す。

「……警戒、しているのかもな」

俺はボソリと呟いた。


〈警戒？〉

〈モンスターが、警戒してるって事かな？〉

〈どういう事だ……〉

俺が喋ると、コメント欄に一気に文字が浮かんでいく。


〈何か、災害が起きるとか?〉

〈地震の前にはネズミが逃げ出す的な?〉

〈強力なモンスターが上の階層に登ってきてるとか〉

〈あり得るぞ? この前のタイラントだって、本当ならもっと下の階層のモンスターだろ。マタンゴも〉

〈影狼さん、既に何かに気付いているのか……〉

〈流石影狼〉


「……」

俺が何か喋ると、勝手に考察が始まる。

なんだか、恥ずかしい。

別に、そこまで深く考えてはいないのだが。

「私はわかりますよ」

すると、シュガァがふふんと得意げに言う。

「モンスター達は、影狼さんを警戒しているんですよ。ね?」

「……ああ」

正解だ。

このダンジョンに潜る事、三回。

俺は、ストレス解消目的で、ただただダンジョンを高速で駆け抜け、エンカウントするモンスター達を退治していた。

しかし、考えてみれば、そのわずか数回の探索で、俺はかなりの数のモンスター達を倒した計算になる。

特に、二回目の時。

鬼島課長からの鬼電に出るために、我武者羅(がむしゃら)に上へ向かった際——運悪く大量のモンスターと遭遇し、考える暇もなく切りまくった。

第二階層から第六階層まで、縦横無尽(じゅうおうむじん)に暴れ回った俺を、低レベルモンスター達が警戒しているようなのだ。

要は、俺の事を災害扱いしているようなものである。


〈モンスター達が影狼さんを恐れてるのか〉

〈なるほど〉

〈まぁ、影狼さんならしょうがない〉

〈俺がモンスターでも隠れてるわ〉

と、コメント欄も納得の雰囲気になる。
しかし――。

〈でも、なんだか暇だなぁ〉


そんなコメントが付いた。

まずい、と、俺は思ってしまった。

俺がコラボした結果、シュガァの動画を逆につまらなくしてしまっているのかもしれない。

……と、思ったのだが。


〈このまま楽に中層まで行けそうだね〉

〈企画、ダンジョン観光に切り替える？〉

〈そこら辺に生えてる変な植物とか料理して食べてみようぜ！〉

〈二人のダンジョンデート配信でもいいぞ！〉


……物好きな連中だな、探索系配信者の視聴者って。

その時だった。

「……」

俺は、前方からおぞましい気配を感じて立ち止まる。

「影狼さん？」

歩を止め、腰の沙霧に手を添えた俺を見て、シュガァも気付いたのだろう。

同じく臨戦態勢を取って、前方を見る。


〈ん？〉

〈ん？〉

〈え？　なになに？〉

〈空気変わったな〉


コメント欄にも緊張が走る。

やがて、前方の闇の中から現れたのは――緑色の皮膚に小柄な体型の、小鬼の群れだった。


〈うわ……〉

〈うわ、ゴブリンだ〉

〈わー……〉


そんな、どこか不快感を表わすコメントがポップする。

まぁ、当然か。
このモンスターの生態的にな。
「ゴブリン……しかも、群れですね」
喋らない俺の代わりに、シュガァが深刻な表情で解説をする。
モンスター――ゴブリン。
こいつ等は、個体では大して恐ろしいモンスターではない。
身体能力は人間の子供程度。
使う武器も原始的なものばかりだ。
だが、ゴブリンの一番恐ろしいところは、知能があり悪知恵が働くところ。
そして、その恐ろしさは徒党を組んだ際に最も発揮される。
群れで現れたら、いわばチンピラ集団が襲い掛かってきたようなものだ。
凶暴で残忍で狡猾。
格好良く戦おうとして、数で圧倒され、リンチされては目も当てられない。
特に女性の探索者の場合、巣に攫われて悲惨な目に遭いかねない。
「……」
俺はシュガァを一瞥する。
多勢に無勢なら、大人しく逃げるのが得策だろう。
……だが、視聴者も、シュガァも、そんな事は望んでいないはずだ。

「下がっていろ」

俺は、シュガァの前に出る。

「数が多過ぎる。逃げても追い付かれる可能性が高い」

俺一人なら、多分問題ない。

が、ここにはシュガァがいる。


〈お、遂に始まるぞ！〉

〈影狼が戦うぞ！〉

〈うおおおお、影狼！〉

〈ここは任せた！〉

〈シュガァを守って！〉

〈大口叩いたからにはみっともない姿見せるなよ！〉


オーディエンスも盛り上がっている。

よし……ゲストとして呼ばれた以上、相応の働きをするか。

「ゲェエエエエエエエ！」

ゴブリンの群れの中から、踏み潰されたガマガエルのような声が上がる。

それが、突撃の合図だったようだ。

群れになって気が大きくなっているのだろう。

その手に、木の棒、石斧、金属バット、角パイプ、様々な武器を持ってゴブリン達が飛び掛かってくる。

……何故、金属バットや角パイプが？

本当に、チンピラの集団と変わりないな。

「ふっ」

俺は一呼吸吐く。

そして次の瞬間、襲来するゴブリンの群れを目がけて走り出し——。

群れの中を、一気に駆け抜けた。

「ゲ？」

「バ？」

多人数相手では、スキル【陽炎】はあまり役に立たない。

だが、そんな事は問題ない。

速度で圧倒できるから。

俺の軌道上にいたゴブリン達の体が、次々に真っ二つになっていった。

〈は？〉

〈へ？〉

〈速過ぎる!?〉
〈目で追えないんですすが草〉
〈ちょっとゴブリン君達もっと気合い入れて！　さっきまでの威勢はどうしたの!?〉

ゴブリン側の味方がコメ欄にいる件に関しては、とりあえず置いておこう。
俺は振り返り、再びゴブリン達の中に飛び込む。
混乱の最中、それでもゴブリン達はそれぞれの武器で攻撃を仕掛けてくるが、遅い。
沙霧を振るい、すれ違いざまに撫で切りしていく。
一閃、二閃、三閃、四閃、五閃、六閃、七閃……三十閃！
最後に、三十一閃！

〈……〉
〈……〉
〈……〉
〈……えー〉
〈……〉

わずか数秒の間。

俺が駆け回った後には、分断されたゴブリンの体が転がり——次々に黒い靄となって消滅していった。

コメント欄は、瞬く間の出来事に反応を失っている。


〈強過ぎ〉

〈ひくわー〉

〈影狼さん、絶対に人間じゃないでしょ〉

〈ダンジョン生まれダンジョン育ちでは?〉

〈若者の人間離れにも程がある〉


……え、盛り下がってる?

もうちょっと苦戦とかした方が良かったのか?

「流石です！　影狼さん！」

いっちょ前に撮れ高を気にする俺のもとに、シュガァが駆け寄ってきた。

「早業過ぎて反応できませんでした！　でも、噂に違わぬ実力ですね！　かっこよかったです！　見惚れちゃいました！」

「……どうも」

俺の手を取ってぴょんぴょんと跳ねるシュガァ。

一応、君も配信者側なんだけど？

〈シュガァちゃん、テンション高過ぎｗｗ〉

〈もうただのファンじゃんｗｗ〉

〈二人がいちゃコラしてるだけの配信になってるぞ！〉


コメント、ごもっともである。

……と、それどころじゃないんだった。

「それよりも、まだ敵が残っている」

「え？　ゴブリンは全員倒したんじゃ」

「……声が聞こえた。人間の声だ」

俺は、ゴブリンの群れがやってきた方を指さす。

そう、ゴブリン達に突っ込んだ際に、一瞬奥の方から人間の声が聞こえたのだ。

「俺達と同じようにゴブリンに襲われている人がいるのかもしれない。声からして、女性だ」

「……！　助けに行きましょう！」

俺とシュガァは、共に声の聞こえた方へ走り出した。

◇◆◇◆◇◆

「……いた！」

駆け付けた先に、また別のゴブリンの群れを発見した。

「やぁっ！　やぁっ！」

「駄目……全然減らない……」

群れの中心の方から、二人分の人間の声が聞こえる。

どうやら、勇敢にもこのゴブリン達と戦っているようだ。

数体程、地面に転がったゴブリンを見るに、なんとか食らいついてはいるようだが……しかし、数の差は歴然である。

このままでは、押し切られてしまうだろう。

「【咆哮（ハウンド）】！」

瞬間、シュガァの喉が勇猛な声音を奏でた。

そうだ、事前に教えてもらっていたのだ。

彼女のスタイルは歌姫。声で戦う探索者だ。

放たれた衝撃の波動が、数体のゴブリンを巻き込んで空中に吹き飛ばす。

意表を突かれたゴブリン達の群れに、俺が突っ込む。

後は、先程と同じ流れだ。
数秒後——その場にはゴブリン達の墓場ができ上がっていた。

〈影狼TUEEEEEEEEEEEEE！〉

〈ゴブリンが出てきた時はちょっと怖かったけど、影狼さんがいるから何も心配いらなかったわ〉

〈シュガァちゃんもナイスアシスト！〉

〈初めての共同作業、おめでとう〉

〈ご祝儀に投げ銭を送ります！　幸せになってください！〉【¥30，000】

「もう！　からかわないで！」

何やらコメント欄も盛り上がっているようだ。

ちなみに、投げ銭とは視聴者が配信者にお金を送ることである。

シュガァが照れながらドローンを叩いている。

しかし、先程の【咆哮】……中々の威力だった。

ただ可愛いだけじゃなく、探索者としての実力も相応だと理解した。

「あ、あの……」

そこで、俺はすぐ先に立ち尽くしている二人組の探索者を見る。

二人とも女の子だ。

シュガァと同じくらいの年頃に見える、まだ若い。

一方は、全体的に三毛猫を思わせる格好をしている少女だ。黄色の猫耳が頭頂部に生え、尻尾が覗くスカート姿。

その両手には、鋭い爪の生えたベアクローを装着している。

もう一方は、黒猫という感じである。ボブカットの黒髪に、黒い猫耳。

身に纏っている服装も相棒とは逆で攻撃的というか、サブカル系というか。

武器も、指の間に投げナイフを何本も挟んでいる。

「……大丈夫か？」

俺は、とりあえず二人の無事を確認する。

「は、はい……あの、あなた、もしかして……影狼さんですか？」

三毛猫の方の少女が、そう尋ねてきた。

どうやら、俺を知っているようだ。

「……ああ」

「ほ、本物!?　わ、すごい！　ねぇ、トーカちゃん！　本物だよ！」

「わかってるから……あまり騒がないで……」

三毛猫の少女がテンション高く絡むが、黒猫の女の子はダウナー気味だ。

「なんで、なんで！　だって、トーカちゃん影狼さんのファンだって……あれ？　でも、ちょっと待って？　確か影狼さんって今日シュガァちゃんとのコラボで……あーーーーーーーーーーーーーー！」

三毛猫少女がシュガァの姿を確認した瞬間、大声を上げた。

そして、一気にシュガァに駆け寄る。

「シュガァちゃんだ！　本物だーーーーー！　わ、私、ミケっていいます！　《トーミケチャンネル》っていう動画配信者やってます！　シュガァちゃんの大ファンなんです！」

「あ、ありがとう」

勢い良く捲(まく)し立てる三毛猫少女に、シュガァは押され気味だ。

「……」

「……」

「……」

「……？」

そこで、黒猫少女が、俺をジッと見つめている事に気付く。

しかし、視線を向けると、ぷいっと顔を背けてしまった。

……なんだ？

第八話　サムライオーク

「へぇ、じゃあ二人も探索系配信者なんだね！」

「はい！　皆さんこんにちは！　普段はトーミケチャンネルっていう動画チャンネルを運営してま

す！　私がミケ！　そして、こちらが相棒のー！」

「……トーカ」

「もう、トーカちゃんテンション低い！　せっかくシュガァちゃんの配信にお邪魔させてもらってるんだよ！」

俺達は、新東京ダンジョンの中を進んでいく。

第四階層でゴブリンの群れと遭遇したが、特に問題はなく突破できた。

その際に出会った二人の探索者、ミケさん及びトーカさんも同行している。

空中に浮かぶ二つのドローンカメラは、シュガァの物と、トーミケチャンネルの物。

だが、今はもう関係なく、二つのカメラが同時に撮影をしている。

俺こと影狼は、そんな三人の女の子達がキャッキャしている風景の、少し後ろを歩いている。

……何というか、非常に絡み辛い雰囲気だからね。

俺なんかが、こんなキラキラした空間にいていいのか悩んでしまう。


〈トーミケチャンネル知ってる！　二人ともむっちゃかわいいよね！〉

〈明るく朗(ほが)らかなミケちゃんに、クールでミステリアスなトーカちゃんか……〉

〈正直知らんかった。要チェックやな〉

〈こんな有望株が人知れず活動してるなんて……〉

〈これだから探索系配信界隈は油断できないぜ〉

ほら、コメント欄もこんな感じだし。

「二人のスタイルって？」

「私が《猫戦士(ねこせんし)》で、トーカちゃんが《猫暗殺者(ねこあんさつしゃ)》です！」

「何それ！　かわいい！」

「歌姫の方が滅茶苦茶かわいいじゃないですか！　それに綺麗！」

そもそも猫戦士と猫暗殺者ってなんだよ、と思うかもしれないが、ダンジョンに関わる事象に常識は通用しない。

探索者としての特殊能力が目覚めた際に授けられる個性——それがスタイルなのだ。

そういうものだと受け入れるしかない。


〈あれ？　影狼いる？〉

〈影狼どこー〉

〈帰った？〉

〈影狼の霊圧が……消えた？〉

〈ええい、俺は影狼が見たいんじゃ！　影狼を映せ、影狼を！〉

〈影狼強火(つよび)オタクいて草〉

「あ、影狼さん！　そんな離れた所にいないで、もっとこっちに来てくださいよ！」

シュガァが俺を呼ぶ。

いや、俺はあまり目立ちたくないのでここでいいんだけどなぁ……。

「影狼さん！　是非お話を聞かせてくれませんか!?　凄い実力者だって、今探索者界隈で一番の話題なんです！　私もこの前、動画の切り抜きを観て、凄過ぎてビックリしちゃいました！」

ミケさんが全身を弾ませて感動を表現している。

この子、実にカメラ映えしそうだな。

「それに……ほら、トーカちゃん！　トーカちゃん、影狼さんの大ファンなんですよ！」

ミケさんが、トーカさんの背中を押して俺の方に向き直らせる。

「……」

「トーカちゃん、硬派な男性が好きなんです！　だから、寡黙でクールな影狼さんの事、一発で好きになっちゃって！」

「ミケ、うるさい」

熱く語るミケさん。

しかし、当のトーカさんは、俺をじろりと睨んでくる。

「別に、あんたなんて興味ない」

「……」

うーん……これは、勘違いじゃないかな？

どう考えても、俺のファンなわけがない。

むしろ、敵意を感じる。

「なんで、なんで!?　毎日まとめ動画ばかり見て、スマホの待受も影狼さんにしてるくらいなのに！　口を開けば『影狼って』『影狼って』ばかりだったのに！」

「……」

騒ぎ立てるミケさんの一方、トーカさんは黙って視線を逸らす。


〈んー、これは……どうなんだ?〉

〈どう見てもファンの反応じゃないよね?〉

〈ミケちゃんの勘違いじゃない?〉

〈本人を前にして緊張してるだけかもよ?〉

〈ツンデレ期待してええんか?〉


「ごめんなさい、影狼さん。トーカちゃん、なんだか昨日から機嫌が悪いんです」

盛り上がるコメント欄の一方、ミケさんは俺に駆け寄るとそう囁く。

「なんでイライラしてるのか聞いても教えてくれないし、その憂さ晴らしのために急遽ダンジョンで配信をする事にしたんですけど、そうしたらゴブリンに襲われちゃって」

「ミケ……」

余計な事まで言っちゃっているミケさんに、トーカさんが怖い顔をする。

ミケさんは「ひゃぅ……」と悲鳴を漏らし、退散する。

「本当に、あんたの事なんか嫌いだから」

トーカさんは俺との距離を詰め、ハッキリとそう言った。

「……そうか」

俺は、それだけを返す。

別に、硬派で寡黙なキャラを守るためじゃない。

身バレしたくないから喋れないだけだ。

「あの、トーカちゃん。ちょっと影狼さんに当たりが強過ぎないですか？」

そこで、少し怒った様子でシュガァが詰め寄ってきた。


〈おっとぉ？　正妻が割って入ってきましたよ〜〉

〈修羅場の予感〉

〈シュガァちゃん、影狼の事になると無視できないのね〉

〈ニヤニヤ〉

〈なんだこの小娘、失礼だな！　シュガァ、バシッと言ってやれ！〉


コメント欄も何やら変な方向に沸き立っている。

その時だった。
「……皆、そこまでだ」
俺は、低い声を精一杯張って言い放つ。
そして、腰の沙霧に手を添えた。
俺の所作を見て、三人も事態に気付いた。
周囲を囲むように、一匹、二匹、三匹と……ゴブリンが現れていた。

〈またゴブリンかよ！〉
〈もうええわ〉
〈ゴブリン湧き過ぎィ！〉
〈影狼先生、やっちゃってください！〉

先程の、俺の瞬殺劇を見ていたため、コメント欄もあまり恐れていない雰囲気だ。
だが、俺が危惧した気配は、このゴブリン達ではない……。
「何……あれ」
臨戦態勢を取ったシュガァや、ミケさん、トーカさんも目を見開く。
ゴブリン達の群れの中から、一匹、明らかに異なる個体が進み出てきたのだ。
見た目はゴブリンに似ている。

しかし、屈強な巨体には、防具と思わしき金属が装備されている。

緑色のゴブリンに対し、そいつの皮膚は褐色。

鋭い牙が覗き、爛々と光る丸い目はイノシシを思わせる。

「オークだ」

俺は沙霧を抜いて構える。

オーク……ゴブリンを率いる、親玉のようなポジションのモンスター。

ゴブリン同様に知恵が働き、その上、強靭な体を持つ。

驚くべきは、武器の扱いに長けた者が多い事。

ほとんど、人間と同レベルの知能を持つと思われる。

「……グル」

オークは、腰から得物を抜く。

刀だった。

慣れた手付きで刀を構え、手下のゴブリン達に囲まれたリングの中央で、オークは俺達と対峙した。


〈うわ……何コイツ〉

〈強そう……〉

〈ゴブリンなんかと雰囲気全然違う……〉

〈あの刀の構え方……相当手慣れてている……熟練(じゅくれん)の構えだ〉

〈なんだか達人がコメントしてんだけど〉


視界の端に浮かぶ撮影用ドローン。

それにセットされたスマホの画面上に、視聴者の声が流れていくのが見える。

コメント欄も妙な緊張感に包まれている様子だ。

「……下がっていろ」

息を呑む三人に言って、俺は前に出る。

俺の動きに合わせて、ドローンも前に進む。

「影狼さん……」

「こいつは、かなりできる」

正直、相当な強者の雰囲気を感じる。

あの刀も、伊達(だて)や酔狂(すいきょう)で携帯しているようには見えない。

コメント欄の達人（?）の言葉を肯定するわけじゃないが、熟練の剣士を思わせる。

「サムライオーク……とでも言うべきか」

敬意を評し、俺はそんな名で呼んでみる。

言っては悪いが、シュガァ達が束になってかかっても苦戦を強(し)いられるだろう。

「ここは、俺がやる」

シュガァ達も、俺の雰囲気から察したのだろう。

黙って、身を引いた。

俺は、サムライオークと向かい合い、沙霧を構える。


〈影狼vsサムライオーク……〉

〈やべぇ、まさかこんな好カードが見られるなんて〉

〈ドキドキしてきた……〉

〈影狼もサムライオークも隙がない……これは長期戦になるぞ……〉

〈達人、本当にわかってるの？〉


どうやら、サムライオークも俺との一騎討ちを望んでいるようだ。

俺が向かい合うと、一瞬でサムライオークの雰囲気が変わる。

その全身から、殺気が滲(にじ)み出る。

なるほど……ゴブリンと同じく狡猾で残忍な個体が多いオークに似合わず、こいつは武人の雰囲気がある。

「……」

俺も本気で相対する。

奴と同様に殺気を滲ませ、全身から攻撃の意思を放つ。

「……ッッ」

瞬間、俺の放った殺気を浴びたサムライオークは、体を震わせる。

全身から、足下に跡が残る程の汗が吹き出している。

「……わかったか」

俺は言う。

「察したはずだ。俺とお前の実力差を」


〈何だ⁉　何が起きてるんだ⁉〉

〈めちゃくちゃ剣豪同士の戦いっぽい雰囲気になってる～⁉〉

〈お互い構えて向き合っただけだろ！　何が起こったんだよ？〉

〈おい、コメ欄の達人！　解説してくれよ！〉

〈うん……何というか、その……わりっ、俺にはわからん（by達人）〉

〈お前ぜってぇただの素人だろ！〉


「グォオオオオ！」

殺気と殺気をぶつけ合い、格の違いを思い知ったはずだ。

しかし、それでもサムライオークは退かない。

いざ尋常に——そう言い表すかのように咆哮を発し、俺へと斬りかかってきた。

「影狼さん！」

シュガァが叫んだのと、サムライオークの一閃が俺の脳天に振り下ろされたのは、同時。

放たれた刀は俺の体を真っ二つに切り裂き、その切っ先が地面に突き刺さる。

地面にヒビ割れが起こり、衝撃波が拡散する。

シュガァが、トーミケの二人が、ゴブリン達が、コメント欄が、纏めて息を呑んだ。

「良い太刀筋(たちすじ)だ」

しかし、サムライオークの刀が切り裂いたのは——俺の残像だった。

俺は最小の動きで斬撃を回避。

そして、沙霧の刀身は、サムライオークの胸の中心を貫いていた。


〈……は？〉

〈躱(かわ)した？〉

〈躱……したのか？〉

〈一瞬切られたように見えたけど〉

〈あまりにも動きが素早かったから、残像を切ったように見えたのだろう（by達人）〉

〈エセ達人はちょっと黙ってて〉


「グ……」

サムライオークは、その場に膝を突く。

俺は、眼下にあるオークの首筋に沙霧の狙いを定める。

「お前は強かったよ」

「……」

サムライオークは、俺を横目で見上げ……どこか、満足したように目を閉じた。

俺は敬意を持って、武士のように介錯（かいしゃく）をした。

◇◆◇◆◇◆

〈良い勝負だった〉

〈やべっ、俺ちょっと泣きそうだわ〉

〈言葉は交わせなかったけど、なんだか……うん、良い勝負だった〉

〈むしろ言葉なんていらない〉

〈あのサムライオークも、立派な武人だったんやなって〉

〈まさかダンジョンのモンスター相手に、こんなリスペクトに満ちた勝負が見られるなんて〉

親玉であるサムライオークが敗（やぶ）れたのを見て、ゴブリン達も逃げていった。

おそらく、俺達を襲う事はもうないだろう。

「終わった」

俺は、シュガァ達のもとへと戻る。

「お疲れ様です、影狼さ……」

「す、す、す……すごいぃぃぃぃぃぃぃぃ！」

シュガァの労い（ねぎら）の言葉を掻き消す勢いで、ミケさんが大騒ぎする。

「わ、私が戦ってたら絶対に勝てなかったです！　凄い強そうでしたもん！　というか、実際に強かったですもん！　そんなサムライオークを圧倒しちゃうなんて！　やっぱり影狼さんって、絶対にS級のプロ探索者ですよね!?」

「いや、違うが」

「嘘！　嘘！　じゃあ、プロじゃなかったら一体何者なんですか!?　いや、もう何者とか関係なく、どうして今まで影狼さんみたいな人が世間に見付かってなかったんですか!?　探索系配信者を抱えてる大企業からスカウトとか来ちゃいますよ！」

「大袈裟だ」

プロの実力がどれ程のものかは知らないが、俺程度のはずがない。

「……や」

と、そこで、俺は気付く。

依然、黙ったままだとばかり思っていたトーカさん。

そんな彼女が、よく見ると、ぷるぷると小刻みに震えている。

「あれ？　どうしたの、トーカちゃ――」

「やだぁあああ！　やっぱりアタシ、硬派な影狼が好きぃぃぃぃ！」

瞬間、トーカさんがわんわんと泣き出した。

どうしたどうしたどうした。

「やっぱりかっこいいよぉ！　寡黙で多くを語らず、実力者で、でも相手に対する敬意も忘れないとかマジ硬派だもん！　武士じゃん！　めっちゃかっこいぃぃぃぃぃぃ！」


〈なんか、トーカちゃんが壊れたんだが〉

〈これは、やっぱり影狼ファンだったみたいですね〉

〈ツンデレって事でえぇんか!?〉


「ほらぁ、やっぱりトーカちゃん影狼さんの事大好きじゃん！　どうして冷たい態度取ってたの？」

「だ、だって、だって……影狼は孤高のはずなのに、簡単にシュガァみたいな人気で可愛い子に靡いて、コラボするとか言い出して……」

目元を拭いながら、トーカさんは声を絞り出す。

「それが嫌だったんだもん……だから、嫌いとか言っちゃったんだもん」


〈は？　かわい過ぎか？〉

〈トーカちゃん、影狼をシュガァに取られたと思っちゃったんだね〉

〈何この子、かわい過ぎない？〉

〈ちょっとメンヘラの素質ないか？〉

〈意地っ張りなトーカちゃんかわぇえええええええええ〉

〈先程は失礼とか言って済みませんでした。トーカちゃん推しになります〉


コメント欄が更に活性化する。

本当に騒がしい事この上ない。

というか、今地味に視聴者数を確認したら、１００万人を突破していた。

１００万もの人間に見られてるのか、このやり取り……。

「いや、シュガァとコラボする事になったのは、別にシュガァに靡いたとかそういうわけではない」

俺は、トーカさんに言う。

目の前で人目も憚らず号泣されたら、俺も困惑してしまう。

「彼女の押しが強く、断るに断れなくて」

「じゃ、じゃあ、アタシともコラボしてくれる？」

赤く泣き腫らした目で俺を見上げながら、トーカさんが言う。

困ったな……これ、変に断ったらまた泣き出しそうだしな。

「……ああ」

「やったぁ！」

瞬間、一転してトーカさんは満面の笑みを浮かべて跳び上がった。

先程までの無表情から一転、とても魅力的な笑顔だった。


〈かわッッッッッッ〉

〈トーカちゃんかわい過ぎやろぉぉぉぉ〉

〈【速報】影狼！　次はトーミケチャンネルとコラボ確定！〉

〈言ったからには約束破るなよ！〉


「え、え、えええええ！　すごい！　本当にコラボしてくれるんですか！　やったぁ！　よかったね、トーカちゃん！」

「……うん」

大喜びのミケさん。

流石にぶっちゃけ過ぎたと思ったのか、トーカさんは平静を装い無表情で頷く。

だが、ほのかに赤く染まった顔までは隠し切れていない。

……しまった、流れでまた出演の約束をしてしまった。

俺は密かに頭を抱える。

〈ちょっと、影狼！　後ろからシュガァちゃんが凄い怖い顔で見てるよ！〉

……うん、確かに背後から途轍もない威圧感が押し寄せてくる……。

第九話　中層第七階層へ

「じゃあ！　じゃあ！　影狼さんって、普段は一体何してる方なんですか!?　プロでも配信者でもないっていうと、まさか本当にただの趣味なんですか？」

「……その質問には答えられない」

「えーーーー！　謎！　影狼さん、本当に謎！　やっぱりプロですよね!?　守秘義務があるから答えられないとか!?」

「ミケ、うるさい。影狼が困ってる」

サムライオークとの一戦を終え、俺達はダンジョンを更に先へと進んでいる。

途中で出会った探索系配信者、猫戦士のミケさんと、猫暗殺者のトーカさんも一緒だ。

〈影狼振り回されてて草ｗｗ〉

〈ミケちゃんがハイテンション過ぎて影狼困ってんよー〉

〈っていうか、トーカちゃん何気に影狼の横ポジゲットしてるし〉

〈メインヒロイン面しちゃってらぁｗｗ〉


トーミケチャンネルを配信中のドローンカメラには、二人に振り回される俺の姿を面白がるコメントが流れている。

「だってだって、トーカちゃんは影狼さんが何者か気にならないの？　せっかく会えたんだから聞かなくちゃ損じゃん！」

「影狼が言いたくない事を、無理強いするのはよくない。それに……」

そこで、トーカさんがチラリと俺を見上げる。

「コラボの約束はしたし……また会えるんだから、その時ゆっくりお話しすればいい」

「……」

「目立ちたくないって言ってたのに……」

そこで、少し離れた所を歩くシュガァが呟く。

頬を膨らませて、若干ご機嫌斜めな感じだ。

「そもそも今は私が影狼さんとコラボ中なのに……生配信中に他の子と仲良くするなんて……影狼さんってばトーカちゃんみたいな子が好みなんですね」

「……」

チクチク言葉が飛んでくる。

まぁ確かに、今はシュガァとのコラボ中だもんな……言ってる事は正しい。


〈シュガァふて腐れてる（ニヤニヤ）〉

〈嫉妬してるシュガァかわいい（ニヤニヤ）〉

〈影狼は自分だけのものだと思ってたんだねぇ（ニヤニヤ）〉

〈なんて無垢なのかしら（ニヤニヤ）〉

〈影狼～、他の女にかまけてると後が怖いぞ～（ニヤニヤ）〉


しかし、シュガァ側のドローンに表示されたコメント欄は、こんな感じで盛り上がっている。

結果的に、トーミケの二人と出会ったのは配信的には成功だったのかもしれない。


〈っていうか、シュガァ！　同接150万突破してるよ！　新記録おめでとう！〉


「え！　嘘！　すごい！」

そこで、とあるコメントを見てシュガァが跳び上がった。

「影狼さん！　影狼さん！　同接150万突破ですよ！　これ、私の配信でも未だかつてない数字です！」

「そうか」

一転して上機嫌になり、俺の手を取って飛び跳ねるシュガァ。

「影狼さんのお陰ですね！　すごいです！」

〈確かに、普段は来てないような人も観に来てるだろうしな〉

〈掲示板でもかなり話題になってたしね〉

〈掲示板から来ました。あの影狼が観られるって事で楽しみにしてたんですが、期待以上です〉

〈同じく掲示板から来ました。失礼ながらシュガァさんの配信に参加するのは初めてですが、予想以上に面白くてわくわくしてます〉

〈これは日本新記録も狙えるんじゃね？〉

「わわわわ！　トーカちゃん！　私達の配信も凄いよ！　同接80万人だって！　こんな数字初めてだよ！」

「……すごっ」

一方、トーミケチャンネルの視聴者数も80万人を越えているようだ。

表示されたカウント数を見て、ミケさんもトーカさんも目を丸くする。

〈つまり、二つ合わせて230万……〉

〈え？　確か、日本の探索者配信の同接最高記録って250万じゃなかったっけ？〉

〈ああ、プロのS級探索者が部隊で《富士ダンジョン》に挑んだ時のやつ〉

〈じゃあ、もうすぐ超えちゃうじゃん！〉

〈いやいや、アレはプロの公式配信だから、アマチュアの個人配信なら余裕で日本新記録でしょ〉

〈すげえええええええええええええええ！〉


一気に盛り上がるコメント欄。

高額の投げ銭を示す赤いメッセージと金額が飛び交っている。

「影狼さんの影響力すごい！」

「やっぱり影狼さんは只者(ただもの)じゃありません！」

「影狼……」

シュガァが俺の右手を取り、ミケさんが俺の腕に掴まり、トーカさんが俺の左手を握って、ぴょいんぴょいんと飛び跳ねる。

凄いハイテンションだ。


〈影狼、全然浮かれてないね〉

〈影狼は平常運転だな〉

〈周りの喜びように対して影狼のクールっぷりよｗｗ〉

〈流石、検索ホットワード一位の男〉

〈ネットニュースの見出し影狼ばっかじゃんｗｗ〉

うん……。

確かに、話を聞く限り、途轍もなく凄い事なんだろうけど……俺的には、そんなに多くの人間に見られているのなら、尚更（なおさら）ヘマできないとむしろ緊張してくる。

身バレだけは避けなければと、更に体が硬直する。

〈ヘラヘラ喜んでないでとっとと先に進めよ、緊張感ねぇな〉

そんな中、コメント欄に何やら刺々しい言葉がポップした。

〈冷静ぶってるけど、内心じゃ大喜びだろ。ぶつぶつ聞き取り辛い声でしかしゃべらないし、男ならハッキリ腹から声出せよ〉

〈お？　影狼アンチか？〉

〈影狼もアンチが湧く程になったか〉

〈この配信って本当にリアルか？　動きもオカシイし加工っぽくね？〉

〈いちゃもん付けんなよ〉

「気にしないでください」

俺がアンチコメントを見ていた事に気付いたのか、シュガァが囁く。

「あのコメントの後ろについているＩＤ……見えますか？」

「ああ。[ng696]って書いてあるな」

「私の配信によく現れるＩＤなんです……おそらく、正体は疾風です」

……疾風。

ああ、あの迷惑系の男か。

「配信中のコメントはブロックできないのでどうしようもないんですが……本当に、困った人です」

溜息を吐くシュガァ。

「影狼さんに倒されてからは大人しくしてたんですけど……懲りてないですね」

〈おい、お前疾風だろ〉

〈疾風さんちーっすｗｗ　ストリートファイトはやめてネットでアンチコメント書く活動に切り替えたんすか?〉

〈うるせーカスども〉[ng696]

〈シュガァに相手にされず、影狼にボコられて、挙げ句の果てに配信に絡みに来るってダサッ〉

案の定、疾風と思わしきIDはコメント欄で袋叩きに遭っている。

自業自得なのでどうでもいいが。

「それよりも、同接人数新記録を達成したところで……遂に遂に来ましたよ！」

そこで、シュガァが言う。

俺達は今、巨大な洞穴の前に立っている。

洞穴の中は少し傾斜があり、下の階層へ続く入り口となっている。

そして、俺達が今いるのは第六階層。

つまり——。

「第七階層……中層への入り口です」

ごくり、と、シュガァが喉を鳴らす。

今日の配信の目的である中層に、遂に挑む事になるのだ。

「こ、ここが、中層の入り口……」

「気配でわかる……ここまでとは、レベルが違う」

ミケさんとトーカさんは、冷や汗を流している。

「残念ですけど、私達はここまでです……私達の実力では、中層に潜るのは、その……」

「……」

俺は、悔しそうに俯く(うつむ)トーミケの二人を振り返る。

自分の実力を客観視し、無理だと理解できているのだから、この二人は優秀だ。

「地上に帰ったら、また連絡する」

俺は、そんな二人に敬意を持って言う。

「コラボの日取りを、決めておいてくれ」

「……！　はい！」

「……影狼」

二人は、ぱぁっと顔を輝かせる。


〈イケメーーーーーン！〉

〈これはイケメンですわ〉

〈シュガァちゃん、今日はありがとう！　影狼、また今度ね！〉


トーミケチャンネルのコメント欄に、温かいメッセージが浮かぶ。

「それじゃあ、私達は上に戻ります！　二人とも、お気を付けて！」

「……影狼とシュガァなら大丈夫だと思うけど、無事に帰ってきてね」

そう別れの言葉を告げ、ミケさんとトーカさんは来た道を戻っていく。

その場には、俺とシュガァだけが残された。

「いよいよですね……」

「ああ」

緊張した面持ちで、シュガァが深呼吸を行う。

中層――ここに入ると、上層とは一気に空気が変わる。

気を引き締め直しているのだろう。

〈今更ビビってんじゃねぇよバーカ。弱ぇくせにイキって中層に挑もうなんて身の程知らずなんだよ〉［ng696］

〈お前もう帰れよ〉

〈流石に目障りだろ疾風〉

〈ここまで落ちぶれるとは〉

コメント欄ではまだ疾風が暴れているようだが、それはどうでもいいとして。

「行けるか？」

俺はシュガァに問う。

「……はい」

呼吸を整えたシュガァが、一歩を踏み出す。

俺もその後に続く。

そして俺達は、第七階層――中層へ踏み入った。

◇　◆　◇　◆　◇　◆

〈うお……ここが、中層……〉
〈新東京ダンジョンの中層の配信って、何気に初じゃない？〉
〈なんていうか……全体的に青くね？〉

第七階層は、それまでの上層とは違い、青白い光で満ちている。
どこか神秘的……そして、どこか不気味な雰囲気を漂わせていた。
「うーん、明らかに第六階層とは空気が違います……緊張感が高まりますね」
シュガァが、そうカメラに向かってコメントをしている。
緊張している……と言いながらも、緊迫し過ぎるのはよくない。
空気を解そうとしているのだろう。

〈同接240万突破してるよ〉
〈さっきのトーミケから移ってきた人等もいるだろうしな〉
〈同接数日本新記録突破目前……新東京ダンジョン初の中層中継……伝説尽くしや〉
〈胸が熱くなるな〉

〈影狼ビビッて動いてねぇじゃん。シュガァにあやしてもらった方がいいんじゃないでちゅか～?〉[ng696]
〈お前もう帰れよ〉

「……」

俺が動かないのは、当然ながら中層にビビっているからではない。

このフロアに降り立った時、足下に振動を感知したからだ。

即ち――。

「それ以上進むな、シュガァ」

「え?」

「何かが――」

瞬間、俺とシュガァの目前の地面が、破裂した。

「!」


〈うわぁ！　何か出た！〉

〈影狼、もう既に何か感知してるぞ〉

〈確認のために動かなかったのか〉

〈疾風、よかったな。お前が中層に降りたら一秒で死んでたぞ〉

臨戦態勢に入る俺とシュガァ。

やがて土煙が消えると、土中から現れた存在の正体が判明する。

「ど……ドラゴン？」

それは、身の丈五メートルはありそうな竜だった。

四足歩行の体に、長い首、その先端には頭部。

背中に翼はない。

その代わり、全身が宝石のような輝きを放つ、美しい甲皮——鱗で覆われている。

透き通るような蒼い鱗で覆われた全身から、飛ぶ事はできないが、地中を潜り移動する性能には長けていると推測できる。

頭部の鼻先には、鱗と同じく蒼い角が一本——仰々しく生えている。

その角を大剣のように掲げて、ドラゴンは咆哮を発した。


〈おい、嘘だろ……こいつ〉

〈まさか……アルテミスドラゴン!?〉

〈実物なんて初めて見た！〉

〈噂話でしか聞いた事のないモンスターだ……〉

〈中層に出現するモンスターどころか、全モンスターの中でも希少な奴だぞ！〉

〈前に出現が確認されたのって何年前でどこだっけ?〉

〈無理だ！　アルテミスドラゴンの鱗って硬度が厚さ一メートルの鉄板くらいあんだろ⁉　バズーカ砲でもなくちゃ勝てねぇって！〉


一瞬にして恐怖に染まるコメント欄。

次の瞬間、アルテミスドラゴンがこちらに向かって首を振った。

「避けろ」

「はい！」

俺とシュガァは、それぞれ左右に回避。

一拍置いて、アルテミスドラゴンの頭部が俺達のいた場所に叩き込まれる。

鼻先の一本角が地面に叩きつけられて、巨大な亀裂（きれつ）を生み出した。


〈ひぃぃぃぃいいいいい！〉

〈こえええええええ！　もう災害だろこれ！〉

〈逃げよう！　無理だって、逃げよう！〉


「影狼さん！」

着地したシュガァが、声を張って叫ぶ。

「ここは、私に行かせてください！」

「……」

シュガァの意思を尊重し、俺は一歩下がる。

中層に潜ると言ったのは、彼女だ。

言い出した本人である以上、俺にばかり負担を掛けられないと思っているのかもしれない。

「【咆哮(ハウンド)】！」

シュガァの喉から、波動の砲撃が放たれる。

強力な衝撃波がアルテミスドラゴンに着弾し、破裂音が轟(とどろ)く。

――が、その鱗にはかすり傷一つついていない。

「【咆哮(ハウンド)】！　【咆哮(ハウンド)】！」

「ギァアアアアアアアアアアアアアア！」

連発される砲撃を真っ向から受けながら、アルテミスドラゴンはシュガァに突っ込んできた。

「！」


〈シュが〉

〈逃げ〉

〈ああああ〉

コメント欄もパニックに陥っている。

襲来するアルテミスドラゴンは、再び頭部を振り、シュガァに角の一撃を叩き込んだ。

爆音。

まるで、巨大な剣士が放った斬撃のように、再び地面に亀裂が生まれる。

俺の脳裏に一瞬、以前タイラントに襲われた際の彼女の姿が想起された。

「……【舞曲（ダンス）】！」

しかし、それは杞憂（きゆう）だった。

砂塵（さじん）が晴れると、そこには一撃を回避したシュガァの姿があった。

その体が、淡い緑色の光で覆われている。


〈シュガァ生きてたあああああ！〉

〈よかったあああ！〉

〈新技!?〉


「大きなモンスター相手に、痛い目に遭うのはもうこりごりなので」

シュガァは、ニコッとカメラに笑いかける。

【舞曲（ダンス）】……おそらく、自身のスピードを強化する技だろう。

攻撃だけではなく、支援系の技も習得できるのか。

歌姫というスタイルは、本当に底が知れない。

そこから、シュガァは軽やかな動きでアルテミスドラゴンを翻弄（ほんろう）していく。

攻撃を回避しつつ、鱗で守られた体ではなく、関節に【咆哮（ハウンド）】を撃ち込み、徐々にダメージを与えている。

……どうやら、心配は要らないようだな。

シュガァの実力を測るため、あえて手を出さずにいたが、彼女には、中層のモンスターとも渡り合えるだけの力がある。

〈おい、影狼は何やってんだよ。さっきから全然動かねぇじゃねぇか?〉[ng696]

……まだいたのか。

コメント欄に、疾風のコメントが浮かぶ。

〈まさかシュガァにばっか戦わせて逃げたりしねぇよな? それとも、アルテミスドラゴン相手には勝てる自信がねぇか?〉[ng696]

「……ふぅ」

うるさい外野だ。黙らせるか。

このまま戦いが続けば、十分シュガァに勝機はある。

だが長期戦になり、消耗させられたら、どちらに軍配が上がるかわからなくなる。

そろそろ、手助けが必要だろう。

俺は、てくてくとアルテミスドラゴンに近付いていく。


〈え、え、え、え、影狼さん?〉

〈いや、そんな散歩みたいに〉

〈かげさんぽ〉

〈危ないってぇぇぇえ!〉

〈バーカ、そのまま潰されろ〉[ng696]

「ギアアアアアアアアアアアアアア!」

アルテミスドラゴンも、俺が近付いてきた事に気付いたのだろう。

シュガァから攻撃の矛先を移し、俺に向かって頭部を振るってくる。

「影狼さん!」

シュガァが叫ぶ。

次の刹那、アルテミスドラゴンの頭部が――その角の一撃が、俺の体に叩き込まれる。

フロア全土に轟く衝撃。

巻き上がる石礫。

その中で——。

俺は、振り下ろされたアルテミスドラゴンの頭部の傍らに立っていた。

「！！！！？？？？？」

アルテミスドラゴンの目から、混乱の色が窺える。

確実に叩き潰したと思った虫けらが、自分のすぐ傍に立っていたのだ。

最小の動きのみで回避した俺は、片手に沙霧を握り——一撃を、アルテミスドラゴンの角に叩き込んだ。

巨剣のような、アルテミスドラゴンの誇りであり最大の武器である一本角が、根元から切断され、ドンッと地面に転がった。


〈……は？〉

〈切れ、た〉

〈いやいや、うそうそ〉

〈アルテミスドラゴンの強靭な甲殻の中でも最も硬質だって言われてる角が、一太刀で切れた〉

〈ま、まぁ、影狼だしな（畏怖）〉

〈影狼さん常識って知ってる？〉

「ギァアアアアアアアアアアアアアアアアアアアア！」

次の瞬間、アルテミスドラゴンは沙霧を構える俺を見て、雄叫びを上げる。

恐怖の叫びだろう。

そして、その場で地面に飛び込み、穴を掘ってどこぞへと逃げていった。

一瞬の相対で、勝てないと理解したのだ。


〈アルテミスドラゴン逃げてて草〉

〈おーい、疾風どこ行った？〉

〈疾風ー、影狼が勝ったぞー〉

〈疾風も逃げてて草〉


コメント欄の他の面々に煽られている疾風に関しては、まぁどうでもいい。

俺は、地面に転がったアルテミスドラゴンの角を見る。

長さは百八十センチ程、太さは直径三十センチくらい。

持ってみると、かなりの重さだ。

「［アルテミスドラゴンの角］……これは、かなりレア度の高いアイテムですよ」

そこで、シュガァがやってきて目を丸くする。

「加工したら良い武器になるかもしれないな」

俺は答える。

〈いや、アルテミスドラゴンの角なんて、単純に高額で売れるでしょ〉

〈今相場を調べてみたら、破片でさえ一キロ三十万くらいだったぞ〉

〈これ……何キログラムある？〉

〈簡単に見積もって、百キロくらいはあるよな……〉

〈……やべぇえええええええええ〉


コメント欄が何やら沸いている。

え、これってそんなに高値で売れるの？

素材なんて、武器に加工するか探索で利用するかくらいしか知らなかった……。

「流石ですね、影狼さん……もう、仕事なんて辞めちゃってダンジョン探索で稼いだ方が良いのでは？」

そこで、シュガァがニヤニヤしながら俺にしか聞こえないくらいの声音で囁いた。

「……」

確かに、こうやって素材をゲットして売って、収入を得ていけば……。

いやいや、今回はたまたまアルテミスドラゴンなんて希少なモンスターと遭遇できただけだ。

世の中、そんなに甘くない。調子に乗っていると大怪我をする。

「……」

だが、もしも……。

もしも本当に、そういう選択肢もありだとしたら……。

——会社を辞めるなんてあり得ない。この時の俺は、まだそんな風に考えていたのだ。

……まさか、この数分後、あんな事になるなんて……。

第十話　シュガァが戦う理由

結局、アルテミスドラゴンの角を持ち運ぶのは不便だと結論を下し、第七階層の入り口近くに隠しておく事にした。

この新東京ダンジョンの第七階層以降に潜ろうとしているのは、今のところ俺とシュガァくらいのようだ。

誰かに盗まれるという事はないだろうから、帰りに回収しよう。

「こんな時に、《アイテムボックス》があればいいんですけどね」

岩陰にアルテミスドラゴンの角を置いたところで、シュガァがそう言った。

「アイテムボックス？」

「どんな大きさのアイテムでも収納、保存しておける鞄(かばん)みたいな道具です。便利だけど貴重で高価なので、一部の人間やプロ探索者しか持ってないそうです」

「そうなのか」

昔はなかったな。

最近、ダンジョン探索を再開したばかりなので、そんな便利な道具が存在するとは知らなかった。

変化しているんだな、昔とは。

そして、俺達は慎重に第七階層を進んでいく。

初っ端でアルテミスドラゴンに遭遇したため警戒心が高まっていたが、その後は何にもエンカウントする事なく……。

「だ……第八階層に到達しました」

俺達は、中層第八階層へやってきた。


〈おおおお！　第八階層！〉

〈中層ってこんなに簡単に攻略できるんだ……〉

〈いや、なんでモンスターが全く出てこなかったんだ？〉

〈まさかだけど……影狼がいるから？〉


察しの良いコメントがあるな。

そう、おそらく上層での状況と一緒だ。

あのアルテミスドラゴンは、この中層でもかなり高位のモンスターだったのだろう。

そんなアルテミスドラゴンが、尻尾を巻いて逃げ出す程の奴が現れた。

……となれば、それ以下の実力のモンスター達は警戒し、隠れるに決まっている。


〈あのアルテミスドラゴン君、初っ端に出てきたくせに中層最強クラスだったんやな〉

〈中層モンスター「アルテミスドラゴンがやられたようだな」〉

〈中層モンスター「くくっ……アルテミスドラゴンは我等中層でも最強……」〉

〈中層モンスター「どうしよう……」〉

〈中層モンスターが恐れる男……影狼……〉

〈さ、流石影狼さんやで（恐怖）〉

〈モンスターから台風扱いされる探索者がいるって本当ですか？〉

〈はい、この人です〉

〈いや、中層が話にならないなら、これこのまま下層までストレートで行けちゃうんじゃね？〉


……幸か不幸か、その予想は的中した。

第八階層へ降りた俺達は、更に先へ進み、遂に第九階層へ。

そして――。

「だ、第十階層に来ました」

シュガァが、冷や汗をだらだらと流しながらカメラに言った。

〈十……〉

〈いや、ここって……〉

〈少なくとも公表されてる情報が正しいなら……ここからが下層でしょ？〉

〈科学的に調査して発表してるだけで、実際に踏み入った探索者はまだいないんだよね……〉


コメント欄も、若干引き気味だ。

そう、俺達はいとも容易く、この新東京ダンジョン第十階層――下層への到達を果たしたのだった。

「か、下層……」

シュガァは、緊張から呼吸の回数が増えている。

第十階層は、壁が全体的に赤白い光で覆われている。

そして、第九階層より上が自然物が多い環境だったのに対し……ここには神殿のような、人工的な空間になっていた。

地下迷宮と呼ばれるダンジョンに常識は通用しない。

この神殿も、実際に人間が建造したわけではなく、ダンジョンが成長してこういう姿になったのだ。

だが、それでも、得体の知れない感覚を味わい、恐怖感を煽られるのは事実。

シュガァは、おそらくその感覚に苛(さいな)まれているのだろう。

「大丈夫か？」

俺は、シュガァに尋ねる。

彼女は少なくとも、中層へ踏み入る事を目下の目標にしていた。

それが一気に下層まで来てしまい、混乱しているのかもしれない。

「だ、大丈夫です。行きましょう」

深呼吸をして、歩き出すシュガァ。

俺は、チラリとドローンを見る。

……同時接続中の視聴者数は、いつの間にか１０００万人に達していた。


〈日本記録どころか、このまま行ったら世界記録も超せるんじゃね?〉

〈日本人だけじゃなくて、ちょくちょく外国人も混じり出したな〉

〈世界中の人間が、影狼とシュガァちゃんの配信を一緒に観てるなんて〉

〈胸が熱くなるな〉

〈良い風吹いてるわね〉


「……」

俺は、前を進むシュガァを見る。

中層の途中あたりから、シュガァは明らかに口数が少なくなっている。

下層に降りてからは、カメラの方を見てもいない。

その背中からは、どこか焦燥感……そして、期待するような感情が窺える。

まるで、命に危険が及ぶ恐怖を感じながらも、一刻も早くこの先にある何かに到達したいというような。

「……え？」

「何を、そんなに急いでいる」

極力言葉数を抑え、俺はシュガァにそう声を掛けた。

シュガァが立ち止まり、俺を振り返る。

「急いでいるように見えた」

「……」

俺の言葉を聞き、我に返ったのだろう。シュガァはハッとした表情になり、そして薄らと笑った。

「凄いですね、影狼さん。人の心が読めるなんて」

「いや、違うが」

雰囲気から察しただけだ。

流石にそんな特殊能力はない……と思うが。

「……強く迫ってコラボして、ここまで一緒に潜ってもらって、何も言わないのは不義理ですよね」

そこで、シュガァは俺に言う。

「私が、影狼さんにコラボを依頼したのには……理由があるんです」

「……」

「影狼さん程の実力者に協力してもらえれば、この新東京ダンジョンの深い場所まで進めるかもしれない……そう思ったんです」

言葉から察するに、単純に配信を盛り上げるためではないようだ。

彼女には、このダンジョンに潜る理由がある。

「知っていますか？　影狼さん。この新東京ダンジョンは、プロの探索者機関が公式に発表している科学的分析によると、現時点で上層が第一から第六階層、中層が第七から第九階層、下層が第十から第十二階層……そして、《深層》……最下層が、第十三階層とされています。ここは、日本全国のダンジョンの中でも浅いダンジョンなんです」

なるほど、かなり幼いダンジョンという事だ。

ダンジョンは生き物のように成長する。

深いものでは百階層まであると言われる世界のダンジョンの中でも、この新東京ダンジョンはまだ成長途中という事である。

「つまり、最下層まで降りる難易度は、まだ低い方なんです」

「……何故、最下層に行きたい」

俺の質問に、シュガァは深刻な顔で数秒黙った後、口を開いた。

「ダンジョンの最下層には……《ダンジョンコア》があります。ダンジョンコアは、ダンジョンという強大な生物の心臓。その内に秘められた生命力は凄まじいもので……ダンジョンコアを使えば、どんな難病にも効くと言われる〔神酒(しんしゅ)〕が作れるそうです」

「……そんな事が可能なのか」

知らなかった。

俺がダンジョンに潜っていた頃には確立されていなかった技術なのだろうか？

「ダンジョンコアを手に入れるのは至難の技……プロでさえ危険だから手を出そうとしない……でも、もしダンジョンコアを手に入れる事ができたなら、私の妹の不治(ふじ)の病も治せる」

「……妹の病気」

「病院のベッドで寝たきりなんです。現代の医学でも治せない。だから……」

そんな事情があったのか。

シュガァが、何故この新東京ダンジョンを攻略する事に執着していたのか。

その理由がわかった。

「……ほ、ほら！　なんだかコメント欄もしんみりした空気になっちゃってる！　こういう感じになっちゃうから言いたくなかったんだよね！」

カメラの方を見て、シュガァは誤魔化すように笑う。

「……動画配信は願ってもない仕事でした。こうして、私が明るく元気に振る舞う姿を妹も病院で楽しみながら観てくれてるんです。寂しい思いをさせずに済むし、稼いだお金も治療費に充(あ)てられる。両親のいない私達にとっては、正に一石二鳥です」

「……」

治療法の見付かっていない難病患者の延命治療だ、お金が掛かるだろう。

それをシュガァは、一人で背負って生きていたのか。

「影狼さん」

そこで、シュガァは俺の前に立つ。

真っ直ぐ目を見て、真剣な表情を作る。

「あつかましい事は百も承知です。その上で、お願いさせてください。私と――」

瞬間、俺はシュガァの体に腕を回した。

「ふえっ⁉」

シュガァは赤面してすっとんきょうな声を上げる。

理由を説明するよりも前に、俺はシュガァを抱きかかえて跳躍した。

一瞬の後、俺達のいた場所に光線が着弾し……途轍もない大爆発を起こした。

「な、何⁉」

「……モンスターだ」

アルテミスドラゴン以降、初めてモンスターと遭遇した。

逃げずに、俺達に立ち向かってくるモンスターと。

〈な、何、今の爆発⁉〉

〈火薬何トン分よ?〉

〈あぶねぇ！　巻き込まれてたら確実に死んでたぞ！〉

〈影狼、絶対にシュガァちゃんを守って！〉

〈あんな話聞かされたらもう茶化せねぇよ！〉

〈というか、なんだ、あのモンスター達、見た事ねぇ……〉


着地を果たした俺の視線の先に、数体の群れがいる。

いや、群れというより……集団か。

「人型……」

そのモンスター達は、人型だった。

黒いローブのようなものを羽織り、顔はフードに隠れて見えない。

しかし、目と思(おぼ)しき二つの光がゆらゆらと揺れ、口の位置には横長の光が笑うように弧(こ)を描いている。

伸ばした手の指先が、真っ赤に発光している。

〈なんだよこいつ等！　マジで見た事ねぇぞ！〉

〈下層クラスだって多少は情報があるだろ！〉

〈でも、マジで心当たりすらないんだって！〉

騒然とするコメント欄。
その時——。

〈待って！　なんだか海外視聴者達が騒いでる！〉
〈翻訳！　翻訳！〉
〈海外ニキ解説して！〉
〈逃げろ！〉

海外からこの配信を観ているという視聴者のコメントがポップした。
翻訳機能を使った簡易な文章だ。

〈くそ！　こいつ等を知ってる！　爆弾狂魔術師だ！　以前、私の国のダンジョンの下層でプロ探索者が何人も犠牲になった！　最悪の殺人モンスターだ！〉

第十一話　爆弾狂魔術師

〈爆弾狂魔術師？〉

〈マジで知らねぇ……〉

〈少し前、私の国のダンジョンで存在が確認されたモンスターだ！　圧倒的火力と連射力を持つこいつの爆発魔法で、プロ探索者の部隊が壊滅に追い込まれた！　何人も死傷者が出たんだ！〉

〈日本初登場のモンスターかよ……〉

〈結局、政府の決定によりそのダンジョンは閉鎖され、探索禁止となった。以降他のダンジョンでは存在を確認される事はなかったが……まさか、ジャパンの、しかも首都のど真ん中のダンジョンに現れるとは……〉

〈海外ニキ説明ありがとう！〉

〈そこまで猛威を振るったモンスターなのに、こっちまで情報が流れてきてないって……〉

〈我が国の政府が情報の拡散を抑え込んだのさ。プロの探索者が数十人掛かりで挑み、歯が立たなかったと知られれば国の威信に関わるからね……〉

〈海外ニキ詳し過ぎない？〉

〈まさか……〉

〈何を隠そう、私は爆弾狂魔術師と戦闘になった部隊に所属していた探索者だ〉

〈マジで！〉

〈海外探索者ニキ……ってコト⁉〉

〈残念だが元・探索者だ。その時の負傷が原因で、今は引退している。ああ、まさか再びこの目で見る事になるとは。あの見た目、あの笑い声、ゾッとするよ……〉


「……」

コメント欄に流れている海外情報の提供者は、この爆弾狂魔術師達と交戦した事のある元探索者だったようだ。

その素性が事実かどうかはわからないが、しかし、こいつ等が強力なモンスターであるという事は、感覚でわかる。

「か、影狼さん……」

「動くな」

俺は、腕の中にシュガァを抱えたまま警戒心を高める。

「ｋｉｋｉｋｉｋｉｋｉｋｉｋｉｋｉｋｉｋｉ」

「ｋｙａｋｙａｋｙａｋｙａｋｙａｋｙａｋｙａ」

「ｒｉｒｉｒｉｒｉｒｉｒｉｒｉｒｉｒｉｒｉｒｉｒｉｒｉｒｉｒｉｒｉ」

爆弾狂魔術師達が声を発する。

甲高い、子供のような笑い声に聞こえる。

フードの中に浮かぶ目と口と思しき光が、ゆらゆらと揺れている。

「来る」

俺が呟くと同時、爆弾狂魔術師達が一斉に動いた。

敵の数は、現在確認できるだけで十体。

全員が、伸ばした指先に宿した光を、レーザーのようにこちらへと放つ。


――その刹那、ダイナマイト数本分にも思えるような大爆発が、幾重(いくえ)にも重なって発生した。


〈うああああああああああ!〉

〈目ガァ!　目ガァ!〉

〈閃光で目が潰れるかと思った!〉

〈あああああ、影狼!　シュガァちゃん!〉

〈駄目だ、死んだ!　死んだって!〉

〈こんなの無理だろ!〉

〈跡形も残ってないよ……〉

阿鼻叫喚と化すコメント欄。

およそ1000万人以上に上る世界中の人間が、爆弾狂魔術師による無慈悲な攻撃を目にし、恐怖の悲鳴を上げている。

……が、心配はいらない。

「……凄まじいな」

折り重なった爆炎の中から飛び出した俺は、岩壁に着地する形で制動する。

先程まで自分がいた、今はもう跡形もなく吹き飛んだ爆心地を遠目に見て、そう感想を漏らした。


〈え、あれ、影狼じゃね？〉

〈ほら、あそこ、岩壁のとこに横向きに着地してる！〉

〈壁に立っとるがな!?〉

〈シュガァちゃんもだ！　よかったぁああああ生きてる！〉


現在、ドローンカメラは遥か上空に移動し、全体を俯瞰する視点で撮影している。

その様子とコメント欄を、ドローンから外したスマホで確認する事ができる。

ちなみに、俺は両手が塞がっているので、腕の中のシュガァがスマホを持っている状態だ。

「か、かげ、ろうさん……」

「大丈夫だ」

シュガァが震えている。

まぁ、あんな近代兵器さながらの爆撃を目の当たりにしたのだ、怯えて当然だろう。

「ｍｕｕ……」

「ｋｙａｈａｈａｈａｈａｈａ」

爆弾狂魔術師達も、俺達がまだ生きてる事に気付いたようだ。

ある者は不機嫌そうな、またある者は楽しそうな声を上げる。

そして、再び俺達の方に指先を向けてきた。

シュガァが、ギュッと俺にしがみ付く。

「大丈夫だ、シュガァ」

俺は、彼女を安心させるように言う。

「もう、見切った」

言うとともに、俺は岩壁を蹴る。

同時、俺達のいた場所に爆撃が発生する。

地面に着地し、俺は更に走る。

俺が駆け抜けた後に、次々に爆発が発生していく。

〈ひぃぃぃぃ、怖い怖い怖い怖い〉

〈もう逃げよう！　逃げよう、影狼！〉

〈誰か！　プロに通報して！　救助に向かってもらって！〉

最初、コメント欄はそんな風な悲痛な叫びで埋まっていたが……。


〈……え、あれ?〉

〈っていうか、これ……〉

〈影狼……どこに爆発が起きるかわかってて、避けてる?〉

〈見切ってる?〉


ご名答。

爆弾狂魔術師達の爆撃は、あの指先の光を光線のように放ち、着弾した場所に爆発を起こす。

爆発の規模自体は凄まじい。だが、その指先の軌道を見ればどこを狙っているか見切るのは容易い。

そして、見切りさえすれば、俺のスピードなら振り払う事ができる。


〈すげぇ! すげぇ! 影狼、爆発を読み切ってる!〉

〈ていうか、爆発を振り払える速度ってなんだよ……〉

〈速過ぎィ!〉

〈彼は一体何者だ! 爆弾狂魔術師の爆撃が一発も当たっていない! 無傷だ!〉

〈海外探索者ニキ、彼の名は「KAGEROU」。我が国を代表する人型決戦兵器です。誰かこれ

訳しといて〉

俯瞰のカメラからは、爆炎の中を縦横無尽に走り回る俺の姿が、飛び回る虫のように映っている事だろう。

コメント欄は爆上がりの様子だ。

だが、今の状況は決して優勢というわけではない。

一つ目の問題――流石は爆弾狂魔術師、爆破魔法一発一発の規模が大きい。

俺の速度を以てしても、回避行動で手一杯だ。

二つ目の問題――俺の腕の中の、シュガァだ。

「う、く……」

彼女は、俺に懸命にしがみ付いている。

その顔は苦しそうだ。

きっと、俺の速度に耐えられないのだ。

襲い来る重力が凄まじく、このままでは彼女の身が持たない。

「シュガァ、【舞曲】だ」

俺はシュガァに助言する。

「……え」

「スピードステータスを強化する【舞曲】を纏えば、高速移動に体がついていけるようになるはずだ」

「あ、そうか！」

シュガァは【舞曲（ダンス）】を唱える。

彼女の体に淡い緑色の光が纏わり付き、その顔から息苦しさが消えていく。

「ありがとうございます、影狼さん！」

「……よし」

これで、彼女の体の問題は大丈夫そうだ。

俺は加速したまま爆撃を回避しつつ、岩陰に身を隠す。

「ｍｕ！」

「ｍｍｍｍｍ？」

爆弾狂魔術師達は、俺達の姿を見失い不思議そうに首を傾（かし）げている。

ひとまず、時間は稼げそうだ。


〈見失ってる?〉

〈でも、見境なく爆撃されたら、いつか巻き込まれちまうし……〉

〈今がチャンスだ！　逃げよう！〉

〈影狼！　シュガァちゃんと一緒に第十階層の入り口まで走って！〉

〈ＫＡＧＥＲＯＵ！　君は偉大だ！　あの怪物どもから生き延びる事ができた時点で素晴らし

い！　もう十分だ、逃げてくれ！〉

「……シュガァ、一つ頼みたい」

コメント欄は、何とか逃げてくれという言葉で埋まっている。

だが、このまま爆弾狂魔術師達の爆撃を回避しながら第十階層の入り口まで逃げるのは、決して安全な策とは言えない。

万が一――奴等に入り口を爆破されて埋められてしまえば、最悪だ。

ならば――この場で倒すしかない。

俺は、シュガァに言う。

【舞曲（ダンス）】を、俺に掛ける事はできるか？」

「え？　は、はい」

シュガァが【舞曲（ダンス）】を唱えると、俺の体にもステータスアップのバフ効果が現れる。

「今から奴等を倒してくる」

「え」

言い残し、俺は岩陰から姿を現す。

「kyaha！」

「waaaaaaaaa！」

俺の姿を遠目に確認した爆弾狂魔術師達が、歓声を上げながら指先を向けてきた。

しかし、それよりも早く――。

「【陽炎】」

俺は自身のスキル――【陽炎】を発動する。

俺に向けられているあらゆる知覚から一秒間――俺は姿を眩ます。

その一秒の間は、シュガァも、爆弾狂魔術師達も、視聴者も、俺を認識できなくなる。

その一秒を使い、俺は全身のバネを全力で引き絞り、渾身の力を込めて地面を蹴った。

加速。

そこにシュガァの【舞曲】のバフ効果が加わり、俺の姿は一瞬、音速をも超えるレベルに達した……と思う、あくまでイメージだが。

爆弾狂魔術師達は、俺の接近に気付く事ができなかった。

俺が加速した瞬間を認識しておらず、疾駆の状態に入った時点で視認が不可能なスピードになっていたのだから。

そして、俺は爆弾狂魔術師達のど真ん中に到達。

――俺の振るった沙霧が、一体の爆弾狂魔術師の首を刎ねた。

「uu!?」

「wua!?」

いつの間にか自分達のど真ん中に立って、仲間の一人の首を落としていた俺に、爆弾狂魔術師達が気付き、呆気に取られている。

〈あ〉
〈え?〉
〈影狼どこー……あ、いた〉
〈え、倒してる? 倒してない?〉
〈うおおおおおおい! 爆弾狂魔術師倒してるぞ!〉
〈何が起こった!?〉

残り九体の爆弾狂魔術師達が、俺を見る。
俺は、沙霧を構える。

〈勝った! これ勝ったぞ!〉
〈この至近距離じゃ爆破魔法は使えねぇ! 自分も味方も巻き込んじまうから!〉
〈後は影狼のスピードで瞬殺だろ! 勝ったな、風呂入ってくる!〉
〈駄目だ!〉

そこで、俺は違和感に気付く。

爆弾狂魔術師達は、もう声を発していない。

しかし、フードの中の光は今もゆらゆらと暢気に揺れている。


〈え、どうした？　海外探索者ニキ？〉

〈そいつらに近付くな！　近付いたら――〉


瞬間、一体の爆弾狂魔術師が俺に飛び掛かってきた。

そして、その体が一気に変化する。

黒いローブに覆われていた体が、一気に縮小し……俺の目の前で、小さな丸い球体になった。

その球体には、あのフードの中に浮かんでいた笑顔のような光がくっ付いている。

「……そういう事か！」

俺の判断は早かった。

瞬時に動き、その球体をキャッチ。

そして、全力で彼方（かなた）へ放り投げる。


――一拍後、巨大な爆発が第十階層のフロアを揺らした。

「自分の体を、爆弾に変えた」

俺は呟く。

〈え、え、え、え、何!?〉

〈今度は何が起こったの!?〉

〈海外探索者ニキ解説プリーズ！〉

〈アイツ等は接近すると自爆する！　最後は、自身が爆弾になって獲物ともども爆発する事を選ぶ、自滅型モンスターだ！〉

〈何それあたまがおかしい〉

〈下層モンスター怖過ぎんよ！〉


一体の自爆に巻き込まれるのを防いだものの、危機は去っていない。

俺を取り囲む、残り八体の爆弾狂魔術師。

次の瞬間、こいつ等は爆弾に変身し、その場で爆発するかもしれない。

俺に飛び掛かったら遠く放りに投げられる——だからこいつ等は、無闇に近寄らず確実に爆破に巻き込める距離を選んだようだ。

敵味方関係なく……なるほど、爆弾狂と名が付くだけある。

思考している間に、爆弾狂魔術師達の体が、その場で変化を開始する——。

「【陽炎】」

――俺は再び、【陽炎】を発動した。

間を置かずのスキル二連発は、かなり気力を消耗するが――今はいい。

一秒間の意識外し。

それにより、爆弾狂魔術師達は、巻き込んで爆発してやろうとしたはずの俺が突然姿を消した事に驚き、体の変貌を止めた。

その一瞬が、勝負を分けた。

――【舞曲】のバフ効果も加わった、全力で加速した俺の沙霧が、八体の爆弾狂魔術師達の体を根こそぎ両断した。

一瞬で、その場にいた全ての爆弾狂魔術師達の首が、胴体が、飛ぶ。

獲物諸共自爆――その念願叶わず、爆弾狂魔術師達は、何が起こったのか理解できないままその場に崩れ落ちた。

〈え〉

〈あ、え?〉

〈また、影狼の姿がコマ送りみたいに……〉

〈あれ？　勝ってる？〉

〈倒した！　倒してる！　全員倒したぞ！〉


「！」

否、そこで、俺は気付いた。

「ｋｙａｋｙａｋｙａｋｙａｋｙａ！」

一体、胴体を分断された爆弾狂魔術師が、両腕で地面を掻きながら逃げていくのだ。

しまった。

【陽炎】二連発による気力の消耗により、トドメを刺し切れなかった。

おそらく、手の中で小規模な爆発を起こして進んでいるのだろう——かなりの速度で、都市伝説のテケテケよろしく、最後の爆弾狂魔術師が駆けていった先にいたのは……。

「影狼さん！」

岩陰から姿を現した、シュガァだった。

「シュガァ！」

俺は叫び、走り出す。

同時に、シュガァも接近してくる上半身だけの爆弾狂魔術師に気付いたのだろう。

すぐさま迎撃の姿勢を取った——が、その時。

その爆弾狂魔術師の体が、ぐにゃりと曲がった。

空中を蛇(へび)のようにうねりながら、シュガァの放った【咆哮(ハウンド)】を身をくねらせて回避する。

そして小さな黒い首輪となって、シュガァの首に巻き付いた。

「……」

俺が駆け付けた時には、シュガァは自身の首に食い込んだ首輪に手を掛け、判然としない表情を浮かべていた。

「え？　え？　これ……」

首輪には、嫌みな程わざとらしく、「30」という数字が浮かんでいた。

あの爆弾狂魔術師の目や口の光と同じ色で発光し、その数字は「29」「28」と減っていく。


〈え……何？　シュガァの首に何か……〉

〈爆弾狂魔術師が……巻き付いた……〉

〈カウントダウン……〉

〈ダム！　シット！　最悪だ！　爆弾になりやがった！　ああ、俺の仲間の時と同じだ！　首輪型の爆弾になって、外せなくなりやがった！　悪趣味野郎！〉

〈え、え、嘘でしょ〉

シュガァの手から落ちたスマホの画面の中――コメント欄が静まり返る。

「嘘……そんな、嫌……嫌……」

シュガァは、首の爆弾を必死に引き剥がそうとする。

しかし、首にしっかり食い込んだ爆弾は、もう外れない。

カウントダウンの数字は、「20」を切った。


〈待って、待って〉

〈無理じゃん〉

〈やだあああシュガァを助けて〉

〈俺無理だ、ちょっとパソコン閉じる〉

〈駄目だ見てられない〉


数秒後、何が起こるのか、誰もが察し始めている。

そこで、シュガァが俺を見上げた。

「影狼さん……」

「……」

「影狼さん、逃げてください……ここにいたら爆発に巻き込まれます」

目に涙を浮かべ、膝から崩れ落ち、彼女は謝る。

「私の勝手で巻き込んじゃって、ごめんなさい……」

……確かに、俺は彼女に巻き込まれる形でここまで来た。

ここで彼女を見捨てて逃げても、それを批難される謂われはないだろう。

だが――。

「……」

俺は、シュガァの前に立った。

首輪の表示は「10」を切っている。

「影狼、さん？」

「……一つ、助けられる方法がある」

俺は言う。

「え？」

「立て、そして、絶対に動くな。後は俺がやる」

「そ、それは……必ず成功するんですか？　万が一失敗しても、影狼さんは無事で済むんですか？」

「……」

俺は何も言わない。

「そんな……影狼さんも巻き添えになるんですか？　そんなの、駄目です！　影狼さんは――」

「立て」

俺は、シュガァの肩に手を置き、立たせる。

「絶対に動くな。微動だにするな」

「影狼さん……」

俺は言う。

「絶対に助ける。だから、俺の言うとおりにしろ」

「……」


〈あ、影狼、逃げない……〉

〈二人とも死んじゃうよ……〉

〈影狼！　シュガァを助けて！〉

〈お前だけが頼りだ！〉

〈お願いします、影狼さん！〉

〈影狼！　影狼！　影狼！　影狼！〉

〈頼む！　神様！　二人を救って！〉


カウントは「5」を切った。

シュガァは、ギュッと目を瞑る。

同時、全身に力を込め、体を硬直させて震えを取り除く。

「……すぅ……」

俺は、精神を集中させるように、一息吐く。

この技は、ダンジョンに潜っていた学生時代に習得した時の一度以来——久しぶりに使う。

技。
スキルのような超能力とは違い、身に宿った技術。
一部のスタイルが持つ「魔法」や、シュガァの放つ「歌声」に近いものだ。
その時のコンディションや心理状態によっては失敗する事もある。
だからこそ、シュガァの救出が叶うかどうかは賭けに近い。
……それでも、たとえ巻き込まれて死ぬ可能性があったとしても。
この場で、シュガァを見捨てて逃げる気はない。
「……」
首輪のカウントが、「1」を示した。
――瞬間、俺はシュガァの首に沙霧を振るった。
完全に、首輪諸共シュガァの首も切り落とす軌道の斬撃だった。
……だが。
――一瞬の静寂の後、真っ二つになって切り落とされたのは……首輪だけだった。
「【霞切(かすみぎ)り】」

【霞切り】。俺の持つ技の一つ。

斬撃を放つ際、その軌道上にあるものの内、切るものと切らないものを選べる……という技だ。

条件は、分子レベルで結合していない事。

なので、今回はシュガァの首を切らず、爆弾だけを切る事ができたのだ。

かつて習得した時には、「こんなの、ギャグ漫画とかで剣の達人が女の子の服だけを切るとか、そういうシチュエーションでしか使えないネタ技じゃん！」と思っていたのが、こんな使い方をする日が来るとは思いもよらなかった。

っと、まだ終わっていない。

真っ二つにしたからといって、爆発しないとは限らない。

俺は瞬時——口元を隠していたスカーフを外し、そのスカーフでシュガァの首から外れた爆弾をくるむ。

昔、ダンジョンの中で手に入れたこのスカーフには実は防炎機能があり、熱に強いのだ。

そのまま丸まったスカーフを、俺は全力で明後日の方向に遠投する。

——一秒後、空中で爆発が起こった。

かなりの爆発だったが、スカーフでくるんでいたのと、元の爆弾狂魔術師が瀕死(ひんし)だったためか、そこまでの威力は感じられなかった。

「……ふぅ」

「あ……」

へたり込んだシュガァは、自身の首をさすっている。

瞬く間に生と死の狭間(はざま)を行き来し、意識が追い付いていないのかもしれない。

俺は、そんな彼女を見下ろし、フッと微笑む。

「良かったな、成功だ」

「……影狼、さん」

ポロポロと涙を零すシュガァを、俺は黙って見守る。

〈うあああああああああああああああああああああああああああ！　助かった⁉　助かった！　シュガァ助かった！〉

〈生きてる！　よかったあああああああ！〉

〈影狼マジ神！　神神神神神神！〉

〈すげええええええ！　何やったの今⁉　首輪だけ切った⁉　え、達人の技⁉〉

〈アメイジング！　そして、素晴らしいとしか言えない。彼は、本当に一体何者なんだ？　ジャパニーズ・ソードマスター？　すまない、混乱と歓喜で私もおかしくなっている〉

〈海外探索者ニキ、ええんやで（ニッコリ）〉

〈俺達も同類だから（ニッコリ）〉

コメント欄も、シュガァが九死に一生を得た事を喜んでいる様子だ。

〈……というか、影狼……顔が……〉


「……あ、影狼さん」

そこで、シュガァが俺を見上げて、何かに気付いたように言う。

「スカーフ……か、顔が……」

「……」

……あ。

俺も気付く。

そうだ、首輪爆弾を包むために使ったから、顔を隠していたスカーフが――。


〈影狼のご尊顔が！！！！？〉

〈見えてる！　完全に見えてる！〉

〈これが影狼の顔か！〉

〈素・顔・解・禁！〉

〈キタ――――――――――〉

〈なんやこのイケメン!?〉

〈くっそイケメンで頭おかしくなる〉

〈【悲報】影狼、ファンアート顔負けのハンサム顔を晒してしまう〉

「……あああああああああ!?」

もう手遅れだった。

現在の視聴者数、いつの間にか3000万人。

世界中の人々に、俺――渡陽向が、「流離いのS級探索者」影狼だと知れ渡ってしまったのだった。

第十二話　俺、会社辞めます

〈シュガァ助かった！　やったやった！　本当によかった！〉

〈安心したら涙出てきた……影狼ありがとう〉

〈影狼ありがとう！　ありがとう！　ありがとう！〉

〈KAGEROUは英雄だ！　私はこんなに強い探索者を見た事がない！〉

〈影狼！　顔！　顔が見えてる！〉

〈祝!!　影狼、生素顔公開！〉

〈イケメンやんけ！　話が違うぞ！〉

〈実は女だって展開期待してたのに！〉

〈おい。掲示板で素顔がブサイクだから顔隠してたって主張してた奴、息してる?〉

〈爆弾狂魔術師が瞬殺された件、なんだか海外のネットニュースで大騒ぎになってるんだけど!〉

〈彼が噂のＫＡＧＥＲＯＵかい? グッドルッキングガイだね〉

〈サムライマスターだと聞いていたけど、なるほど、佇(たたず)まいから只者ではない雰囲気を感じるよ〉

〈彼とコンタクトを取れる方法を誰か知らないかな? ダンジョン探索に関わる民間企業を経営している者なのだが〉

〈影狼さん♡ シュガァちゃんのアカウントにＤＭ送りました♡♡ 連絡待ってます♡♡♡〉

〈俺、この人都内の喫茶店で見た事あるかも。普通のサラリーマンだったと思うけど〉

〈学校に行く時、いつも電車が一緒になる会社員の人に似てる!〉

〈掲示板に個人特定の情報が山のように来てるぞ、どれが本物なんだ?〉

〈同接数６０００万突破してて草ｗｗｗ〉

〈今確認したら７０００万突破してたわｗｗｗ 祭りどころの騒ぎじゃねぇぞ〉


「……」

地面に落ちたシュガァのスマホの画面の中で、コメント欄が大騒ぎとなっている。

配信の視聴者数は、恐ろしい速度で上昇しており、今８０００万に到達した。

これは……瞬く間に1億も突破するかもしれない。

「か、か、影狼、さん……」

振り向くと、シュガァがあわあわと慌てふためいている。

「……シュガァ」

「お、落ち着いてください、影狼さん」

「い、今から俺の顔をモザイク処理するとか、そういうのはできないかな……」

「ご、ごめんなさい、無理だと思います……」

自分ではわからないが、俺の顔はきっと蒼白になっているだろう。

全身が震える。

サムライオークを相手にした時よりも、アルテミスドラゴンを相手にした時よりも、爆弾狂魔術師を相手にした時よりも、シュガァの首輪爆弾を切り落とした時よりも、緊張感で頭が滅茶苦茶になる。

当たり前だ。

一番避けなくてはいけないと思っていた事態に突入してしまった。

顔バレ。

およそ日本中の……いや、世界中の、何千万という人間に、俺の素顔がバレた。

俺は、もう一度コメント欄を見る。

〈影狼さん！　お顔をスクショして待ち受けにしてもいいですか！〉

〈私、ウェブ漫画を描いている者なのですが、影狼さんをモデルにしたキャラを主人公にした新作

を作らせていただいてもよろしいでしょうか！〉

〈影狼さん。初めまして。一目見て心を奪われました。シュガァさんのアカウントにメッセージを送りました。一読していただけると嬉しいです。顔と全身の写真も送付します♡〉

〈影狼さん！　自分、探索系配信をやっているＶＡＩＯという者です！　登録者数１００万人の《ＶＡＩＯチャンネル》で影狼さんと是非コラボをさせてください！〉

〈スリーサイズを教えてください！〉

〈芸能プロダクションの者なのですが……〉

〈あの、以前お会いした事……〉

〈もしかして、同じ高校だった田山君!?　……〉


「しゅ、シュガァ……すまないが……」

俺は、動揺しながらもシュガァに話しかける。

コメント欄は途轍もない速度で更新され、最早様々な情報が錯綜し、滅茶苦茶である。

だが、俺の動体視力を以てして確認した結果……まだ個人情報は特定されていない。

今すぐ配信を切って逃げれば、万が一が――。

と思ったのだが、そう簡単にはいかなかった。

俺の持つスマホが、恐ろしい勢いで震え出したのだ。

画面を見ると、通知、通知、通知。

メール、メッセージアプリ、電話……知っている番号、知らない番号問わず、しこたま掛かってきている。


〈あれ、なんだか影狼停止してない？〉

〈立ったまま硬直してる〉

〈きっとあれだ、連戦が続いたからクールダウンしてるんだよ〉

〈確かに、そこらの探索者なら、百人単位で挑んでも勝てるかわからないバケモノ達との連戦だったからな〉

〈そのバケモノどもを瞬殺した影狼〉

〈怪物を超えた怪物〉

〈うぁぁぁ！　か……影狼が新東京ダンジョンを練り歩いている！〉


……ただ突っ立ってるだけでオーディエンスは大盛り上がりだ。

しかし、こっちは大量の通知に心臓が停止しかけているのだ。冗談ではない。

完全にバレた。

俺の知り合いの中に、この配信を観て「渡が影狼なのでは？」と気付き、連絡を寄越している人がいるのだ。

そして、それはただの知人だけで済むはずがない。

『渡さん！　今、シュガァちゃんの配信動画を観てたんですけど……』

同僚の吉田さんからも、ＳＮＳでメッセージが届いている。

つまり、会社の人間にもバレたという事であり……。


――スマホの画面が真っ暗になり、「鬼島課長」という表示と共に通話の着信が入った。


「……」

俺は、もうほとんど無意識で、その着信に出ていた。

「……はい」

「……渡、か？」

鬼上司――鬼島撫子の声が聞こえた。

彼女も、若干動揺の混じった声をしていた。

「……はい」

「今、アタシのところに情報が回ってきて、ネットニュースを観たんだけど……お、お前、今ダンジョンに潜ってるのか？」


〈……ん？　影狼、なんか電話してる？〉

〈誰と話してるんだ？〉

〈ちょっと、ドローンカメラが離れ過ぎて上手く会話が聞こえないな〉

〈声も小さいし〉

〈シュガァちゃん、ごめん、もうちょっと近付けられない？〉


「……影狼さん、大丈夫です」

俺がチラリと見ると、シュガァは頷いて見せる。

シュガァがドローンカメラを操作し、俺から遠ざけてくれている。

通話の内容は、マイクで拾われていない様子だ。

「この、影狼っての……顔を見る限り、お前だよな？」

「……はい」

「ふ、ふぅん、そうか……」

鬼島課長は、「あー」「えー」と言葉を挟んだ後、続ける。

「なんだか、大騒ぎになってるみたいだけど……お前、まさかこれ、副業でやってるのか？　会社に、こんな事やってるなんて一言も言ってないよな？」

「いえ、副業ではありません。あくまで他人の配信に出ているだけで、趣味の範疇（はんちゅう）です」

「だ、だったら早く帰れ！　お前の本業は何だ！　今何時だと思ってんだ！　明日も仕事だぞ！　今すぐ家に帰れ！」

おそらく、鬼島課長もこの状況にどう対応すればいいのかが、わからないのかもしれない。

ともかく威厳を保つため、上司らしい言葉を選んでいるようだ。

「お前、社会人だろ！　素人のくせにダンジョンに潜るなんて、遊び人みたいな事してるんじゃねぇ！　明日の業務に差し支えるだろ！　上司命令だ、帰宅しろ！　そんで、二度とダンジョン探索なんてするな！」

「……」

俺は、シュガァを振り返る。

彼女は、息を呑んで俺の姿を見守っている。

せっかく辿り着いた新東京ダンジョン、下層。

ここをもう少し下れば、深層に辿り着く。

そうなれば、ダンジョンコアが手に入るかもしれない。

もしも俺がここで撤収し、そして、二度とダンジョンに関わらないことになったら……シュガァは、またここに来られるのだろうか？

彼女が、命を懸けても叶えたいと思っている夢を、叶えられるのだろうか？

難病の妹を、救えるのだろうか。

「……」

——俺の中で、ストンと何かが落ちる感覚がした。

「おい、聞いてんのか渡ぃ！　お前、さっさと――」

「鬼島課長……」

俺は、言う。

「いや……撫子」

「……は？」

実は鬼島課長……鬼島撫子は、そもそも俺の大学時代の後輩だった。

大学生活中、ひょんな事で出会って、俺達は交流するようになった。

撫子は家が裕福だったせいか、高飛車というか、他人に対し高圧的になるきらいがあった。

周囲に馴染めず、ゼミでも孤立していたところを、なんだか放っておけず声を掛けたのが始まりだった。

生意気な言動は多かったが、俺は実家では長年、妹と暮らしていた。

だから、多少は寛容に、そういうところも愛嬌だと思って受け入れていた。

撫子も事ある毎に俺に引っ付いてきて、それなりに仲の良い先輩と後輩だったと思う。

就職活動中、撫子の薦めで彼女の親が役員を務める会社に入社した。

最初の一年――新社会人の頃、社会人としての礼儀や上下関係というものを、過剰な程キッチリ叩き込まれた。

その一年後、同社に入社してきた撫子は俺の上司となった。

上司になった途端、撫子は大学時代とは別の意味で高圧的になったのだが……まぁ、これが社会というもの。

大人になるって事は、こういう事を普通と受け入れる事だ……そう思って諦めていた。

けれど、吹っ切れた。

俺は今、今の自分にしかできない事をやろうと思う。

「撫子……俺、会社を辞める」

「……え」

俺は、退職を宣言した。

「だいぶ、世間を騒がせてしまってる。俺のせいで、会社に迷惑をかける前に退職するよ。自主退職の手続きとかに関しては、また明日会社に行ってやるから。今日は、これで失礼する」

「いや、あの……」

「あと、酒に酔って労働時間外に部下に電話掛けるのやめた方がいいぞ。今更かもしれないけど」

「え、ちょっと、待……わた……陽向先輩!?」

俺は通話を切る。

そして、シュガァを振り返る。

「仕事、辞めた」

「……へ？」

どこかスッキリした様子で言い放つ俺に、シュガァは目を丸くする。

「や、辞めた……って、もしかして、アルテミスドラゴンの角を切り落とした時に、探索者になった方が稼げるんじゃないかって言った事……」

「違う、別にシュガァの言葉を鵜呑(うの)みにしたとか、そういう事じゃない」

自分の発言に責任を感じているシュガァに、俺は微笑む。

これは、俺が決めた事。

そして、今からする事も、俺が決めた事だ。

〈あ、電話終わった〉

〈影狼、どこに電話掛けてたんだろ？〉

〈影狼が所属する闇の組織……か？〉

〈今度はシュガァと何か話してるな〉

〈お、カメラ動いた、会話が聞こえるぞ〉

「シュガァ、俺は過去に何度かダンジョンの最深部――コアの玉座(ぎょくざ)まで到達した事がある」

「コアの、玉座……」

〈コアの玉座に……へー〉

〈感覚が麻痺(まひ)してるけど、そもそも最深部に到達するって、可能な事なのか？〉

〈最深部まで到達した事のある記録って、世界中でもほんの数件くらいだろ？〉

〈日本人でも、ほら、S級のプロが一、二回、海外との混成部隊で達成した記録があるくらいだし……〉

〈影狼さん、今、何度かって言わなかった？〉

「行くぞ」

俺の言葉に、シュガァは一瞬、目を瞬(しばたた)かせる。

「行く、って……」

「最速で、このまま深層に向かう」

俺は、静かに告げる。

「そして、新東京ダンジョンの、ダンジョンコアを手に入れる」

同時に、俺は動く。

シュガァをお姫様だっこのように抱きかかえる。

「きゃっ！」

「すまないが我慢してくれ。この体勢が最も効率的だ。【舞曲(ダンス)】で絶えずバフを発動していてくれ」

「は、はい！」

シュガァは顔を赤らめながらもハッキリと言った。

「ありがとうございます、影狼さん」

〈お姫様抱っこ来たー！〉

〈羨ましいぞ、シュガァ！〉

〈シュガァ役得！　役得過ぎ！〉

〈悔しかったらお前等も１００万人超えの人気配信者になってみろ！〉

〈影狼にお姫様抱っこしてもらえる権利いくらで出品されてますか？〉

〈影狼厄介ファン湧き過ぎ草〉

〈いや、というか、影狼、今なんて？〉


「今から、新東京ダンジョンの最下層に行く」

俺はカメラに向かって言う。

そして、両足に力を込めると。

「付いてこい」

一気に地面を蹴って、走り出した。


〈ちょ！　いきなり新東京ダンジョン下層最速ＲＴＡ（リアルタイムアタック）スタートしたんですけど！〉

〈嘘だろｗｗｗ〉

第十三話　下層タイムアタック

「ひゃわああああああああっ！」

疾走を開始した俺の腕の中で、シュガァが悲鳴を上げる。

仕方がない。

生身でＦ１のマシンに乗せられているようなものだ。

先程、爆弾狂魔術師達と対峙した時は、緊迫状態だったので気にしていられなかったのだろうが、こんなジェットコースターどころではない状況になったら、騒ぎたくなるのも無理はないだろう。

「か、か、か、影狼さん、どどど、どうしたんですか!?」

「何がだ？」

「いきなり会社を辞めるなんて言い出して、しかも、最速で深層に向かう、なんて！」

俺はジャンプする。

神殿のような建造物が続く第十階層を、回廊から岩壁へ、更に神殿の屋根へと、縦横無尽に飛び移りながら駆けていく。

「あうあう、か、影狼さん、実は私、絶叫系のアトラクションとか苦手で……」

「別に、ただ、せっかくここまで来たんだ」

腕の中で目を回しているシュガァに、俺は答える。

「目的を達成せずに帰ったら、意味がないだろう」

「……」

「少なくとも、今の俺はそうしたいと思った。俺がやりたいようにやる事にした。それだけだ」

屋根から屋根へジャンプし、そこから地上に戻ると、長い石畳の廊下へ突入する。

現状、モンスターには遭遇していない。

他にモンスターが生息しているのかはわからないが、あの爆弾狂魔術師以上のものは、もうこの第十階層にはいないのかもしれない。

ならば、駆け抜けるだけだ。

「シュガァは俺を巻き込んだと思ってるかもしれないが、俺は別に迷惑していない。むしろ、なんだか今……スカッとした気分だ」

まぁ、一時の勢いで退職を宣言してしまったのは事実であり……そんな突発的な行動を、自分でも反省している部分はあるが……。

それでも、鬱屈した日常から自分を引っ張り上げてくれたシュガァへの礼だと思えば——それでいいとも思える。

「最下層まで行くぞ。そして、ダンジョンコアを手に入れる。今考えるのは、それだけだ」

「……はい」

シュガァは、俺の腕の中でギュッと身を縮め、泣きそうな顔で頷いた。

そこで——。

〈やっと追い付いたぁああ！〉
〈影狼速過ぎぃ！〉
〈走るの速過ぎんよ！　カメラが全然ついていけてないよ！〉
〈時速何キロ出してんの影狼さん⁉〉
〈速度もあるけど、自由自在に跳び回る縦横無尽っぷりが一番ヤバいっす〉
〈ダンジョン下層でパルクールを楽しむ男、影狼〉

お、ドローンが追い付いた。
ここまで敵に遭う事なく、ただただ無心で走っていたから、置いてきぼりにしてしまっていたのに気付かなかった。

〈っていうか、待って、あそこ、下に降りる階段？〉
〈あの先に見えるやつ？　……マジやん〉
〈うっそｗｗ　もう第十一階層に下りるぞｗｗ〉
〈第十階層の滞在時間、ほんの十分くらいなんですけど⁉〉

沸き立つコメント欄の言うとおり、俺達は第十階層の出口に到達。

そして、第十一階層へ下りた。

第十一階層は、赤黒い光に覆われた場所だった。

神殿的な建造物が建ち並んでいた第十階層とは違い、無機質な岩肌や地面が剥き出しになってい
て、どこかおどろおどろしい。

煉獄(れんごく)……なんて言葉が似合いそうだ。

上は不気味な程の静寂に覆われていたが、ここでは、何かが蠢(うごめ)く音やカサカサと歩き回る音があ
ちらこちらから聞こえる。

まるで、大量の虫が這(は)いずり回る穴の中にでもやってきたような、そんな気持ちの悪さを感じる。

生理的に恐怖を感じているのか、シュガァが俺の首に腕を回し、体を密着させてきた。

「……結構な数がいるな」

「え？」

そんな第十一階層を疾駆しつつ、俺は呟く。

目前——道が途切れる。

どうやら、ここは切り立った崖の上のようだ。

俺は一旦立ち止まり、崖から下を見下ろす。

「ひっ……！」

その先に見えた光景に、シュガァは悲鳴を上げた。

崖の下の空間は、大量の虫で埋め尽くされていた。

〈ひぃいいいいい!〉

〈うわ、やべ〉

〈あかんあかん、うち虫嫌いやねん〉

〈なんだ、このモンスター!? また見た事ないのが出てきたぞ!〉

犇(ひし)めいているのは、大量の蟻(あり)だった。

成人男性以上の大きさの、赤黒い甲殻の蟻が何十……否、何百と。

ギチギチと、顎(あご)や関節の音を立てて、地面を覆い尽くしている。

〈おいおい……ヘルアントじゃねぇか!?〉

〈そうか、ここは下層だ……ヘルアントの巣があってもおかしくない……〉

コメント欄に、海外勢の声が上がってきた。

〈海外ニキ達、解説ヨロ!〉

〈うちの国のダンジョンの下層で存在が確認されたモンスターだ! 文字通り蟻のモンスター! 強靱な顎の力に、鋼のような体が特徴だ!〉

〈それに、なんでも溶かす強酸も吐く……浴びたら、いくらKAGEROUでも一瞬で消えてなくなるだろう……〉

〈しかも、これだけ大量にいるという事は完全に巣だ。人間が突入して生きて帰れる場所じゃない〉

〈KAGEROU！　俺達如きが助言するなんておこがましいかもしれないが、こいつ等の巣を通り抜けるのは流石の君でも不可能だ！　迂回するか……他に道がなければ、撤退も視野に入れてくれ！〉

いつの間にか視聴者に混じっていた、海外の有識者達がコメントを残す。

こいつ等も初見のモンスターなので、情報をもらえるのは助かる。

なるほど、馬鹿でかい蟻のモンスターで、体内には強酸があるのか。

俺はシュガァを抱えたまま、崖の上からジャンプした。

「へ、え⁉」

「しっかり掴まってろ」

俺達はそのまま落下し、ヘルアントの巣の真っ只中に着地した。

〈ヘイ！　KAGEROU⁉　俺のコメント見てたか⁉　巣のど真ん中にダイブするって何考えてんの⁉〉

〈クレイジー！　クレイジー！　クレイジー！〉

〈海外ニキ、パニクってて草〉

〈いやいや草じゃねぇ！　ヘルアントどものど真ん中に落ちちゃったよ！〉

〈何百匹いるんだ、こいつ等！〉

〈駄目だ、食われる！〉


「か、かげろ……」

「背中側に回ってくれ」

俺は、お姫様抱っこしていたシュガァを背中に背負い直す。

「首に腕を回して、絶対に離すな」

「は……はい」

両腕が自由になった俺は、沙霧を構える。

瞬間、ガチャガチャと顎を鳴らし、ヘルアント達が襲い掛かってきた。


〈やばいやばいやばい！〉

〈だ、大丈夫だよね!?　影狼、大丈夫だよね!?〉

〈か、影狼の事だから大丈夫だろ……いや、大丈夫か？〉

〈逃げろKAGEROU！　君の全力のスピードで走れば、もしかしたら！〉

〈周りを囲まれてるんだぞ！　逃げる場所なんてない！〉

〈ああ、流石のKAGEROUも、自分の力量を過信してしまったか……〉


騒然とし、阿鼻叫喚を極めるコメント欄。

視聴者数は1億を超え、1億２０００万……いや、1億３０００万に達している。

それだけの人間が今、俺の姿を同時視聴しているのか……まったく想像できないな。

まぁ、いい。

1億３０００万人もの目に、間違ってもスプラッタな光景を見せるわけにはいかない。

「行くぞ」


――俺は地面を蹴りつけ、全身を躍動させて沙霧を振りまくった。


空中に、切断されたヘルアントの脚が、胴が、頭が、顎が、舞う、舞う、舞う、舞う。

一匹、二匹、三匹、四匹、五匹……二十……二十三……二十八……三十五……三十九……

四十八……五十……五十九……六十六……六十八……七十四……八十一……八十四……九十五……

百七――。

ああ、もう数えても切りがない。

とにかくにも、俺の行き先を塞いでいたヘルアント――およそ百体を斬り払った。

〈あ……大丈夫そうですね……〉

〈心配なんて必要ありませんでしたね……すみませんでした〉

〈影狼さんですもんね……負けるはずないですよね……〉

〈うん、知ってた〉


「う、ううう……」

背中にしがみ付いたシュガァは、ともかく俺の体から離れまいと力を込めている。

俺はただひたすら刃を振るう。

追加でもう百匹……合計、二百匹程をぶった切ったところで、一度周囲を見回す。

……そこそこ減ったが、それでもまだ数百匹はいる。

仕方がない。

「シュガァ、今から真上に跳ぶ」

「ひゃ、ひゃい……」

「しっかり掴まってろ」

「ひゃい……」

顔は見えないが、きっと目をグルグル回している事だろう。

俺は地を蹴り、すぐ間近にいたヘルアントの胴体の下に潜り込む。

「シッ！」

そして、そのヘルアントを真上に蹴り上げた。

宙を舞うヘルアント。

俺は更に加速し、二四、三四、四四と、近くにいたヘルアント達を次々に空中に蹴り上げていく。

そして数体のヘルアントを蹴り上げたところで、自身も跳躍。

宙に浮いたヘルアントの一体に追いついて沙霧を振るい、胸の下あたりを切断した。

先程、二百体近く切った経験から学んだ。

ヘルアントの体内……この位置には、こいつ等の武器である強酸が蓄えられている器官がある。

強酸を浴びないように、この位置を避けるように切ってきたが……今はあえてそこを狙う。

切り裂いたヘルアントの体内から、強酸が撒き散らされる。

地上に降り注ぐ、強酸の雨。

それを浴びたヘルアント達が、悲鳴を上げて溶解していく。

「まだだ」

俺は、今ぶった切ったヘルアントを足蹴にし、宙に浮くまた別のヘルアントに接近——そいつも切って、強酸をぶちまける。

俺は打ち上げたヘルアント達を足場にしながら空中を跳ね回り、同時に胸を切断して、大地を埋め尽くすヘルアント達に酸を見舞う。

……数秒後、俺は地上に着地する。

その場には、溶解してグズグズになったヘルアントの残骸が散乱していた。

追加でおよそ百……いや、二百くらいか？

最初と合わせて、四百体近く倒した。

ちなみに、まだヘルアントの群れは残っていたのだが、強酸の雨には流石に恐怖したようだ。

残党は我先にと逃げ、横穴の巣の中に引っ込んでしまった。

何はともあれ、そこに残されたのは見晴らしの良い更地だけだった。


〈わ……わぁ〉

〈ヘルアントの群れが……いっきとうせん……〉

〈KAGEROU……しゅごい〉

〈こわいよぉ……〉

〈ないちゃった……〉

〈海外ニキ達が恐怖のあまり、かわいくなってるんだが〉

〈強いとか、もうそういう次元じゃなくね？〉

〈なんで飛行能力もないのに空中を移動できるんですか？（率直な疑問）〉

〈シュガァの【舞曲（ダンス）】の効果もあるんだろうけど……〉

〈そりゃこんなもん、モンスターから災害と思われるわ〉

〈もう影狼を人間として認識するのはやめよう〉

「シュガァ、もう顔を上げても大丈夫そうだ」

「……は、はい」

ヘルアントの群れを見た時、シュガァは恐怖を顔に滲ませていた。

虫が苦手なのだろう、女の子だし。

「再び走る。我慢してくれ」

「わ、わかりました」

そこで、シュガァはギュッと首に回した腕に力を込める。

「あ、あの、お姫様抱っこは恥ずかしいので、このままおんぶでもいいですか？【舞曲（ダンス）】は途絶えないようにしますので」

「そうか、わかった」

やはり、シュガァは年頃の女の子だ。

いい歳をした男に抱えられるのは、恥ずかしいのかもしれない。

「……背中……安心します」

「ん？」

「な、なんでもないです」

「そうか、行くぞ」

俺は再び走り出す。

やはりというか……この第十一階層は、ヘルアントに支配されていたようだ。

その後も、時々虫タイプのモンスターが飛び出すが、ヘルアントレベルではなかった。

苦もなく薙ぎ払っていき——やがて。

「第十一階層は終わりだ。下に行く」

「は、はい！」

俺達は、下層最終階——第十二階層への下り口に飛び込んだ。

〈ちなみに……第二階層での配信開始からここまで、約二時間ね〉

〈プロの記録ってどれくらいだっけ？〉

〈いや……プロの部隊がダンジョンの最下層まで到達した記録って、どれも数日掛かりなんだけど……〉

第十四話　ヒドラ

「だ、第十二階層に突入しましたぁ！」

「実況か？　シュガァは真面目だな」

「えへへ……」

第十二階層の入り口から飛び出すと同時に、シュガァがドローンカメラに向かって叫んだ。

視聴者にもわかるように、常に喋って状況を説明する。

流石、配信者としての気配りを忘れないシュガァである。

「な、なんだか影狼さん、最初よりもフランクな感じになりましたね」

「そうか？」

「はい。身バレを防ぐために喋ってなかったっていうのもありますけど……」

俺に背負われた状態なので、シュガァの声は耳元で聞こえる。

今更だが、本当に聞き心地のいい声音だ。

「まぁ、全て手遅れになったからな。身バレを気にする必要もなくなったし、仕事も辞めた。それで、気分が軽くなったからだろう」

「……影狼さん、そんなに仕事が嫌だったんですか？」

「……」

シュガァの質問で、俺は考える。

上司にいびられ、業務に忙殺される日々。

常に時間を気にして動き、携帯の着信に怯え、自由なんて感じられない、鬱屈した毎日だった。

でも、それが普通なんだと。

これが社会人になるという事で、みんながちゃんとやっている事なんだと、そう自分に言い聞かせていた。

……いや、洗脳されてたのかもしれないな。あの会社の教育で。

まあ、今はそんな事はどうでもいい。

シュガァを背負った俺は、第十二階層の内部を疾走していく。

このフロアは、全体が神秘的な青白い光で覆われ、特に障害物や建造物はない。

モンスターの気配もなく、ただただ何もない景色が続いている。


〈これが、下層最後の第十二階層?〉

〈あれー? なんだか静かだな?〉

〈モンスターも現れないし……〉

〈またあれか、影狼を恐れて引っ込んでるのか〉


視聴者数、1億5000万人を突破した配信画面。

コメント欄はこんな感じだ。


「……いや」

だが、俺は既に感じ取っていた。

このフロアに入ったと同時に、**いる**とわかった。

「この先に、いる」

「え?」

背後のシュガァが、俺の言葉に小首を傾げる。

しかし――。

「あ……」

シュガァも、感じ取ったのだろう。


〈……ん？〉

〈あれ？　……なんか、聞こえない？〉

〈聞こえるっていうか……なんだろう……空気が震えてるような……〉


視聴者も違和感に気付いた。

おそらくマイク……それにカメラを通して、微細な振動を感じ取ったのだろう。

「な、何、これ……まさか……」

シュガァが怯えているのがわかる。

背中に密着した体が震え、耳に届く吐息（といき）が強くなっている。

おそらく、根源的な恐怖を覚えているのだろう。

この先にいる、何かに対して――。

「来るぞ」

そして――俺は、そこに辿り着いた。

「オオ!!」

まるで火口のような、巨大な穴が目前に現れ——その穴の中に、巨大なドラゴンがいた。

〈びやあああああああああ!?〉
〈デッッッッッッ〉
〈でか過ぎんだろ!?　いやマジで！〉
〈某特撮怪獣のサイズじゃねぇか！〉
〈あかん！　カメラじゃ全容を収めきれない！〉

コメント欄が沸き立つのは無理からぬ話だ。
実際、俺達の前に存在するのは、怪獣映画にでも出てきそうな巨大なモンスター。
まるで山のように大きな生物なのだから。

〈ジーザス……こいつは、まさか……〉
〈知っているのか海外ニキ！〉
〈もう解説役がすっかり板に付いた海外勢ｗｗ〉

〈俺の記憶通りなら……こいつはヒドラ……七つの首に七つの尾を持つ、超ビッグサイズのドラゴン型モンスター〉

〈ヒドラ！　知ってる！〉

〈超有名！　海外のダンジョンに出現して、海軍、空軍の手を借りて、一ヶ月近く掛かってやっとダンジョンの奥に押し返したっていう！〉

〈は、はは……駄目だ、見ているだけで体が震える……〉

「あ、ああ……」

シュガァも同じような状態だ。

黄金の鱗に全身を覆われ、七つの首と七つの尻尾がうねっている。

その姿は恐ろしく、また神々しい。

正に、神話に出てくる神獣――という感じだ。

この第十二階層で、まったくモンスターが出なかった理由は、明白。

――ここは、このヒドラのみの住処だからだ。

他のモンスターが生きていける場所ではない。

「シュガァ、動けるか？」

「ひ、ひゃい……」

【舞曲】を掛け続けていてくれ」

俺は、シュガァの太ももを支えていた手を離し、彼女を下ろす。

「た、戦うんですか？」

「大丈夫だ。そう時間は掛けない」


〈いやいや、影狼さん……マジッスか〉

〈どう考えても無理でしょ、勝てるはずない……常識的に考えて〉

〈でも……いや……でも〉

〈影狼なら……〉

〈いや、やっぱり無理だ、勝てる姿をイメージできない……〉


「ほ、本当に大丈夫なんですか？　でも、あんな――」

「来る」

瞬間、俺はシュガァの体を抱き上げる。

「へ!?」

そして、彼女の体を――思い切り、ヒドラのいる方の空中に放り投げた。

「へぇぇえええええええええええ!?」

同時、俺も跳躍。

「ギィガァアアアアアアアアアアアアアアアアアアアアアアアアアアア!!」

一瞬遅れ、ヒドラの尻尾の一本が、俺達の立っていた足場に叩き込まれた。

粉砕された岩や砂塵が派手に舞う。

まるで、爆撃を受けたかのような一撃だった。


〈うわああああああ始まったああああああああ〉

〈待って、シュガァが空中に！〉

〈影狼さん何してんすか!?〉

〈いや影狼の判断は正しい。あの場所にいたんじゃヒドラの攻撃を受けて、逃げる間もなくやられてた。空中に投げるのがシュガァの身の安全を確保するために適切な、いやちょ、影狼待って、前前前前前前前まえぇえええええ!!〉


パニックに陥っているコメント欄の示すとおり、大穴へ跳躍した俺の目前に、ヒドラの尻尾が迫る。

七本も尻尾があるので、迫りくるそれは、あたかも何棟ものビルを次々投げ付けられているような光景だ。

ヒドラにとって羽虫程度の大きさしかないはずの俺に対し、この攻撃……全く容赦がない。

沙霧を構える手に力が籠もる。

俺の直感が言う……こいつは、かなりの強敵だ、と。

少し、気分がアガってきた。

「行くぞ」

迫りくる尻尾の一つに脚を向け、俺は着地する。

――同時に、全力で加速。

俺はヒドラの尻尾を駆ける。

駆けながら、沙霧を振るう。

足場となる尻尾に数多の斬撃を加えながら走り抜ける。

輪切りになった尻尾が空間に舞っていく。

〈はい!?　はい!?　なにこれなにこれなにこれ〉

〈何が起こってるか説明してくれる人いる?　ｗｗｗ〉

〈ほう……ヒドラの尻尾を輪切りにしながら走ってるのですか。大したものですね。ヒドラの尻尾を輪切りに?〉

〈ヒドラが……あんなにも容易く……おお、神よ……〉

〈逆に笑えてきたｗｗ〉

〈規格外過ぎるｗｗ〉

俺は全力で走り、全力で斬り刻む。

心理的な負荷がなくなり、開き直っているためか、身バレ前よりも体が軽い。

一本目の尻尾を刻み終えたら、ジャンプして二本目の尻尾に着地——と同時に切断作業開始。

あらかた乱れ斬りをしたら、一度高くジャンプして、落下途中だったシュガァをキャッチする。

「いきなり投げてすまなかった」

「……」

シュガァは顔面蒼白で固まっていた。

でも、意識はあるようだ。

俺の顔を見て、震えながら頷いている。

「ガギャアア!!」

ヒドラの雄叫びが上がる。

自分の尻尾を切り刻まれた事を、ここに至ってやっと理解したのかもしれない。

七つの頭が同時に叫ぶ——その声量で、空間が、天井と地面が、全てが震える。

〈わああああああ怒ってる怒ってる!?〉

〈地震速報が入ったんだけど、絶対今のヒドラの雄叫びの影響だよね!?〉

〈都心に住んでる方々、ドンマイですｗｗ〉

〈いけえええええ、影狼いけええええええええええ！〉

「もう一度行く」

「……はい」

シュガァはもう、何も聞いたりしない。

大人しく俺の言う事を聞き、こくりと頷く。

ヒドラの三本目の尻尾に着地し、俺はシュガァを再度投擲(とうてき)。

そして、尻尾を切り刻む。

シュガァを放り投げ、時々キャッチし、その間に沙霧でヒドラの尻尾を刻んでいく――。

その作業を経て、最後の一本――七本全てを刻み終えた俺は、シュガァを受け止め大穴の底に着地する。

「よく耐えたな」

「……自分でも、頭がよくわからない感じになってます」

地面に立ったシュガァは、泣いているのか笑っているのか判然としない顔をしていた。

まぁ、ヒドラの目前で何度も空中に投げられ、キャッチされ……という恐怖体験を経たのだから、仕方がない。

「……さて」

現在、大穴の底に立っている俺は、眼前を見上げる。

そこには、全ての尻尾を失ったヒドラが――七つの頭、十四の目で、俺を睥睨(へいげい)している。

その目には、怒りとも恐怖とも判別できない感情が窺える。

「行くぞ」

俺は、沙霧の切っ先を突き付ける。

「ヒギアアアアアアアアアアアアアアアアアアアアアアアアアアアアアアア
アアアアアア‼」

ヒドラの七つの首が、同時に攻撃を仕掛けてきた。

大口を開けて、同時に食いかかってきたのだ。

頭が七つあっても、思考は統一されているのかもしれない。

だが、同時というのも、意思が統一されているというのも、俺にとっては都合が良い。

「【陽炎】」

スキル——【陽炎】を発動。

七つの頭、十四の目、ヒドラの意識が、一秒間だけ俺を見失う。

「！！！？？？？？？？」

気付いた時には、俺はヒドラの一つの頭の上に立っていた。

「スゥ……」

一瞬だけ、深く息を吸う。

「ハッ」

そして、双振り(ふたふ)の沙霧を、全力で振り下ろす。

――ヒドラの首が、切断された。


〈き、切った！　首を切り落とした！〉

〈ヒドラの首を……〉

〈美しい……〉

〈なんて綺麗な太刀筋（たちすじ）だ……〉

〈今の切り方……斬鉄（ざんてつ）ってやつ？〉

〈スパッと行ったよね、スパッと〉


「……」

俺は、今し方切り落とした頭部の傍に着地する。

そして、残り六つの頭達に沙霧の切っ先を向けた。

こいつ相手に【陽炎】の連発は危うい。

気力を消耗し集中力を欠けば、隙を突かれる危険性がある。

次は、ある技を使って対応してやろう――と、思ったのだが。

「……ん？」

そこで、ヒドラは俺に背を向けるように、体を動かす。

まるで山が一つ動くような轟音を立てて、ヒドラは大穴に空いた横穴——おそらく寝床だろう——に、退散していった。

「逃げたようだな」

俺は沙霧を腰に戻す。

〈ヒドラが逃げた〉

〈下層最終層の大ボスが逃げましたよ、あなた〉

〈ボス戦は逃亡不可じゃなかったでしたっけ？〉

〈いや、ボス側は逃げていいんじゃね？〉

〈KAGEROU……もう、私には彼の力量を測る事などできない……〉

〈今更な質問だが……彼は、一体何者なんだ？〉

〈俺達も知りたいのよ、海外ニキ〉

〈一体何食って育ったらあんなに強くなるの？〉

〈マジで影狼の過去、根掘り葉掘り聞きたいんだが〉

「終わったようだ」

俺は、シュガァのもとへと戻る。

「すまなかったな。色々と、怖い思いをさせて」

「い、いえ……そんな……影狼さんが謝る事なんて、何もありません……」

シュガァは、戻ってきた俺の手を取り……安堵したように涙を流した。

やっぱり空中旅行が怖かったのか？

「よかったです、無事で……あ、ごめんなさい……私なんかが、影狼さんを心配するなんて、おこがましいですよね」

「……いや」

どんな理由だろうと、どんな事情だろうと、人が無事を心配してくれて、生きている事に安堵し、喜んでくれることは嬉しい事だ。

「さて、行くか」

「え？」

俺は振り返って、真っ直ぐ顔を上げる。

ヒドラがいた大穴——その底には、ヒドラの寝床に続く巨大な横穴以外に、もう一つ、小さな横穴がある。

「まさか……」

「ああ」

俺は、シュガァと共にその穴に向かう。

暗い穴の中を進んでいくと、下に向かう階段が現れる。

その階段を下り——やがて、辿り着いたのは。

「……ここが」

「の、ようだな」

まるで、屋外のようだった。

青空のように晴れやかな光に覆われた空間。

ただただ真っ直ぐ続く石畳の廊下。

その先に——光に覆われた、巨大な球体が浮遊しているのが見える。

「新東京ダンジョン、深層——第十三階層。そして最下層でもある、コアの玉座だ」


〈これが……深層〉

〈ええと、ちなみに今の時間ですが、配信開始から数えて二時間と十五分です。影狼、二時間十五分で最下層に到達しました〉

〈完全に世新界記録では?〉

〈もうやだこの影狼ヤバ過ぎる〉

第十五話　ダンジョンコア

青空のように澄み切った、晴れやかな光に満たされた空間。

新東京ダンジョン第十三階層——最下層。

その長い廊下を、俺とシュガァは進んでいく。

「こ、ここが深層……なんだか、思っていたより……」

「穏やかな空間だろう」

俺は過去、何度か最下層に到達した記憶があるが、基本的に最下層はどこもこんな感じだ。

モンスターもいないし、トラップがあるわけでもない。

あくまで、ダンジョンの心臓であるコアが鎮座する、静謐な神殿……王の玉座のある場所だ。

「……これだ」

やがて、俺達はコアの前に辿り着く。

開けた空間の中心には、煌々と輝く太陽のような球体がある。

虹色の光を放つそれが、ダンジョンコアと呼ばれるものだ。

「これが、コア……」

「ああ」


〈ダンジョンコアなんて初めて見た〉

〈なんだか……すげぇ……神秘的……〉

〈神々しいって、こういう事を言うんだな〉

〈これは歴史的にも貴重な資料だ。実際のダンジョンコアを収めた映像なんて、そうないだろう〉

〈やべっ、録画しなきゃ〉

コメント欄に溢れる、世界中の人々の声。

視聴者数は……おお、2億か。

2億人もの人間が、今自分の姿を観ているのだと思うと……ううん、やっぱり想像が付かないな。

凄い事なのだろうけど、あまりにも数が大き過ぎてイメージが湧かないからか、逆に冷静でいられる。

「シュガァ、例の話だが」

「はい。ダンジョンコアを手に入れられたら、どんな難病にも効くと言われる神酒を作り出す事ができる……海外で実際に神酒を生み出したというケースが、過去に一件だけ確認されているそうです」

「それは、どこかの研究機関か医療機関に持っていけば作ってくれるのか？」

しかし、どんな難病にも効く薬なんてものが実際に生み出されたら、どんな手を使っても手に入れたいという人間が現れるはずだ。

それこそ、手荒な手段に出る奴だっているだろう。

大丈夫なのだろうか？

「それが……その過去のケースによると、ダンジョンコアを神酒にする方法は……」

「方法は？」

「ダンジョンコアに、直接お願いする……だそうです」

「……」

てっきり成分を抽出するとかの方法があるのだと思っていた俺は、そこで呆気に取られた。

「ご、ごめんなさい……あくまで、ネット上の一部にだけ流れてる、信憑性のない情報で……でも、私、もう妹を救う方法はそれしかないって、必死で……馬鹿でごめんなさい」

「大丈夫だ。泣くな」

俺はシュガァを慰め、ダンジョンコアを振り返る。

俺自身、過去にダンジョンコアを直接目にした事が何度かある。

だが、あくまでもダンジョンを司る心臓部……それ以外の何物でもないと思って、毎回、特に何をするでもなく、帰還していた記憶がある。

「直接お願いする……か」

俺は、コアに歩み寄る。

そして、コアに手を伸ばし……虹色の光に触れてみた。

(……貴様)

すると、声が聞こえた。

俺の頭の中に、直接響くような声。

子供のような、女性のような、高いトーンの声。

(我に、何用だ……)

（ええと……あなたが、このダンジョンのコアか？）

（そうだ……我は何用だと聞いたのだが……）

会話が成立した。

信じられない事だが、ダンジョンコアと意思疎通ができた。

「シュガァ、どうやらコアと話す事ができるみたいだ」

「……？　え？　影狼さん？　どうしたんですか？」

しかし、振り返ってそう言った俺に、シュガァは不思議そうに首を傾げる。


〈影狼、何してるんだ？〉

〈コアに手を伸ばして……何か起こったか？〉

〈別に何も起きてないけど〉

〈？？？〉


「……そういう事か」

俺はコアを振り返る。

（無駄だ。我の声は貴様にしか聞こえていない。我は、我が認めた者としか話さない）

（どうして、俺を認めてくれたんだ？）

（強いからだ）

コアは言う。

(貴様が我の体内に入り、そしてここにやってくるまでの姿を見ていた。今まで、我の中に入ってきた人間達の中で、貴様が最も……否、我の生み出した命を含めても、貴様が最も強き者だった)

生み出した命……というのは、モンスター達の事だろうか。

ともかく、コアは語る。

(我は強き者を尊ぶ。何故ならば、強き者こそ真理。強き者を生み出す事こそ、我等の本願)

「なんだかよくわからないが、俺を認めてくれたという事でいいんだな？」

(応)

(なら、認めてくれたついでに、一つ頼みがある)

俺は、ダンジョンコアに告げる。

(あんたは……)

(シリウス)

(……ん？)

(シリウス)

(……シリウ……何て？)

(シリウスだ。我は、あんたではない。シリウスという名がある)

(……名前で呼べば良いのか？)

(応)

（じゃあ、シリウス）

（んふふ）

（……今、笑ったか？）

（笑ってない。別に嬉しくない）

（……）

俺は、ダンジョンコアを見つめ、会話を続ける。

（じゃあ……よろしく、シリウス。俺の名は影狼だ）

（別に貴様の名などどうでもいい）

（で、シリウス）

（なんだ、影狼）

（……一つ、頼みがある）

俺は、本題に入る。

（不治の病に侵された人間を助けたい。シリウスの力があれば、それが可能だと聞いてここまで来た）

（その程度、容易い事。我の生命力より生み出した神酒。これを用いれば、人間如きの病などたちどころに治る）

（そうか……シリウス、神酒をもらう事は可能か？）

（……良いのか？）

そこで、シリウスが尋ねてくる。

（何がだ？）

（我の目的は、強き者を選び抜く事。自らの体内で強靭な生命を生み出し、人間と戦わせ、弱肉強食の最中で強者を育成する。ゆえに、ここにまで辿り着いた者、我が認めた者には、相応の恩恵を授ける）

……なんだか、ダンジョンというものに関する、凄く重要な事を喋っているような気がする。

（我が叶える願いは一つだけだ。もっと他に、影狼の望む願いがあるのではないか？）

（……いや、いい）

シリウスの言葉を聞き、俺は答える。

ごちゃごちゃと考えても、永遠に答えなど出ない質問だ。

ならば今は、ここに来た目的を果たすのが第一だ。

（神酒が欲しい）

（……承った、強き者よ）

瞬間――ダンジョンコアの放つ光が、一層強くなる。

「きゃっ！」

その眩しさに、シュガァが思わず手で顔を覆う。

コメント欄も〈目がぁ！　目がぁ！〉の文字で溢れ返っている。

（影狼よ、攻略おめでとう。これにより、我の意思は消える。これ以降、この地下迷宮が成長する

事はない。我の生み出した生命達も、今以上に増える事はない）

（あんた……死ぬのか？）

（馬鹿にするな。死などという概念は我にはない。そうだな……また別の場所で体を持ち、玉座で強者がやってくるのを待つだけだ）

（……そうか）

（その時には……また会いに来てくれると嬉しいぞ●●●……いや、今は影狼か。これで三度目……次で、四度目だ）

「……え？」

やがて、光が収まる。

そこにはもう、ダンジョンコアはなかった。

代わりに……虹色に煌めく、細長い八面体の石が落ちていた。

俺はそれを拾う。

一見石のようだが、よく見ると中に液体が揺蕩っている。

その液体が、虹色の輝きを放っているのだ。

「これが、神酒……か」

何やら最後――シリウスが少し気になる発言をしていたような気もしたが……。

何はともあれ、これで目的は達成だ。

「か、影狼さん」

背後から、シュガァの声が聞こえる。

彼女は、ポカンとした表情で俺を見ていた。

「今、何が……」

「コアと会話をした。そして、神酒をもらえる事になった」

俺は、シュガァの手を取る。

そして、彼女の手に神酒を握らせる。

「これで、妹さんの病は治る。コアが約束してくれた」

「あ……」

俺の言葉の意味が、徐々に呑み込めてきたのだろう。

シュガァの瞳が揺れ、体がフルフルと震える。

「で、でも、これは影狼さんが手に入れたもので……そ、そうだ、お金。お金、お支払いします。私の、配信で稼いだお金があるから。いくらでも言ってください。足りない分は、借金っていう形で一生かけてでも……」

「必要ない。女子高生にたかる成人男性なんて最悪だろ。妹さんが完治したら生活が変わるだろうし、これからの事に使え」

「でも、私、影狼さんにご迷惑を……黙って、危険な場所に連れてきて、命まで助けてもらって……」

「俺は迷惑だなんて思ってない。危険だとも思ってない。ちょっと興味を惹かれて遊びに来た程度の気持ちだ。だから、何も気にしていない。それでいいだろ？」

「……う」

シュガァが膝を折る。

立っていられず、体勢を崩す。

俺が肩を掴んで支えると、そのままシュガァは俺の胸に顔を埋め、咽び泣く。

「ごめんなさい！　ごめんなさい！　……ありがとうございます……本当に、ありがとうございます、影狼さん！　このご恩、忘れません！　絶対に……絶対に、どんな形でも、絶対にお返しします！」

ドローンカメラが、シュガァの背後に回る。

ちょうど俺の目に、激流のように流れるコメント欄が映った。


〈うわああああああ！　シュガァ、良かった！　本当に良かった！〉

〈何が起こったのかわからなかったけど、これで神酒が手に入ったって事は妹ちゃんも助かるんだよね!?〉

〈影狼、ありがとう！　ありがとう！〉

〈影狼最高！　影狼最高！〉

〈イケメン過ぎやろ惚れない人間おるんか!?〉

〈影狼ぉおおおおおおお！〉

〈もう聖人だろ！　いや、偉人か⁉　影狼おおおおお！〉

〈結婚しろ！　いや、結婚してくれ！　俺と結婚してくれ影狼！〉

〈KAGEROU、君は偉大な男だ。今はそれしか言えない〉

〈コングラッチュレーション。そして、素晴らしい英雄に今は惜しみない拍手を〉


新東京ダンジョン制覇。神酒の獲得。

それを祝うコメントが、国内外問わず山のように寄せられていた。

「ひとまずは……これで終わりか」

さて、これからどうしようか……。

とりあえず、明日会社に行って辞表を出さなくちゃいけなくなったから、家に帰ったらその準備か……。

そんな事を考えていた――その時だった。

――ドローンにセットされていたスマホの画面が、突然消えた。

「……ん？」

「え？」

いきなり黒くなった画面――そして直後、そこにある映像が浮かんだ。

「突然のご連絡、失礼いたします。申し訳ございません。緊急事態ゆえに回線をハックさせていただきました。一時、配信は中断させていただきます」

スマホの画面の中に、一人の女性が映っていた。

黒いスーツを着て、眼鏡を掛けた、凛然とした女性だ。

一つに纏めた黒髪を右肩の上に回し、胸の前に垂らしている。

「え、ええと、あなたは……」

「政府直属、対ダンジョン・魔獣特務機関、探索部所属、第五部隊副隊長、東アゲハという者です」

「政府直属……つまり、プロの方？」

「そういう事になります。あなた達の探索を拝見していました」

瞠目するシュガァに、東アゲハと名乗るその女性は言う。

「用件を単刀直入にお伝えします。たった今、あなた達が拾得したアイテム神酒は、我々が回収します。新東京ダンジョン内にて速やかに引き取りの準備を行いますので、そのように行動してください」

第十六話　プロ探索者

「え……」

「繰り返します。あなた達の拾得したアイテム神酒は、我々が回収します。新東京ダンジョン内にて速やかに引き取りの準備を行いますので、そのように行動してください」

突然、シュガァのスマホをジャックした人物――対ダンジョン・魔獣特務機関所属……つまりはプロ探索者の東アゲハさんは、俺達にそんな要求をしてきた。

神酒を渡せ、と。

「ど、どうして……」

「質問は受け付けません。ここからは民間人として、我々政府特務機関の指示に従ってください」

「こ、この神酒は、私達が手に入れたものです。お渡しする事はできません」

「質問は受け付けないと言ったはずです」

毅然と立ち向かおうとするシュガァだが、東さんは動じない。

冷然と、事務的に、シュガァの意思を無視していく。

「これは、対ダンジョン・魔獣特務機関からの指示になります。従わないという選択肢はありません」

「そんな……」

「待て」

一方的な東さんの言葉に、シュガァは動揺している。

そこで、俺が口を挟んだ。

「理由を説明して欲しい」

「質問は受け付けないと言いましたが？」

「先程の言い方……拾得したアイテムと言ったか。まるで、俺達が偶然、この神酒を拾ったかのような表現だが、これは俺達が自分達の力で獲得したアイテムだ」

「……」

「それに、ダンジョンで取得したアイテムを地上に持ち出し、販売している者達もいると聞く」

アルテミスドラゴンの角を獲得した際の、シュガァの言葉やコメント欄で交わされていた会話を思い出す。

「何故、このアイテムに関してだけ国家が介入する必要がある。教えて欲しい」

「……」

「これは、俺達のアイテムだ。易々と渡す気にはなれない」

「……」

「説明する気がないのなら」

俺は、シュガァの手から神酒を受け取る。

「この神酒を、この場で破壊する」

シュガァが驚愕に染まった目で俺を見る。

しかし、俺の表情を見て察したのか、強い眼差しに戻り、東さんを睨む。

無論、俺とて神酒を破壊するつもりはない。

あくまで、説明を欲しているだけだ。

「……できもしないくせに」

「できる。この神酒を破壊したら、また別のダンジョンに潜り、再びダンジョンコアの玉座まで到達する。そして、改めて神酒を手に入れる。それだけだ。ここまで、俺の戦いを観ていたのだろう？」

「……」

「できないと思うか？」

……数秒の沈黙。

やがて、東さんは額を押さえながら深く溜息を吐いた。

「……わかりました、説明します」

「頼む」

今更だが……国家直属の特務機関相手に、よくここまで強気で対応しているな、俺。

無職になると決意したからか、なんだか色々と吹っ切れたようだ。

そんな事を考えていると、東さんが説明を開始する。

「というより、説明するまでもないでしょう。あなたが今回獲得した神酒は、その効力が本当だとすれば、あまりにも現実に及ぼす影響力が強過ぎるアイテムです。回収し、内容を分析するべきです」

「それはそちらの都合だ。悪いが、この神酒は既に先客がいる。たとえ国が相手でも渡せない」

「……あなた」

東さんは、眉間に皺を寄せる。

「調子に乗ってはいけませんよ」

「何と言われようと、容易く言う事を聞き入れるつもりはない」

俺は答える。

「いきなり出てきて、人の功績を横取りしようなんて図々しいにも程がある。そんなに必要なら、自分達でダンジョンに潜ってコアの玉座に行き、自分達で手に入れれば良い。プロなんだろ？」

東さんは、額に青筋を浮かべる。

せっかくの美貌が台無しだ。

まぁしかし、確かに、彼女の言う事も理解できる。

あらゆる人間の病を治せるかもしれない薬なんて、事実であれば存在するだけでとんでもない代物である。

だが、だからといってこちらも簡単に引き下がる気にはなれない。

はいはいわかりましたと、それが普通なのだと、当然なのだと、不条理を受け入れるのは、もうやめたのだ。

「……わかりました。要求に従えないというのであれば、こちらにも考えが――」

「まーった、待った、待った、アゲハちゃん」

その時だった。

画面越しの東さんの後方から、一人の男性が現れた。

東さんと同じく黒いスーツを着た、スラッとした体型の人物である。

白髪で、端整な顔立ち。

目は糸目で、常に微笑んでいるような印象を受ける。

「『人の功績を横取りしようなんて、図々しい』『そんなに必要なら自分で手に入れればいい』……流石に、影狼君の言うとおりやわ。今回は、うちらの要求の仕方が一方的に悪い」

「……葉風隊長」

現れた人物が、通信用のカメラの前に自身も座ろうとする。

真ん前にいた東さんをグイグイと横に押し出し、椅子に半分腰掛けようとしているのがわかる。

東さんは、迷惑そうな顔をしている。

「あ、影狼君、シュガァちゃん、こんばんは～。僕、対ダンジョン・魔獣特務機関、探索部、第五部隊で隊長やってます。葉風っちゅうもんです。どうも～」

葉風さんは、ひらひらと手を振りながらフレンドリーな態度で言う。

「いきなりごめんな～、いや上の人間がね、なんとしても君らが手に入れた神酒を横取りせぇってうるさくってね。ほんと偉い人間ってのはガメツイっちゅうか姑息っちゅうか。ほんで、うちの副隊長のアゲハちゃんも頭カッチカチのマニュアル人間やからさぁ、そのまんま命令通り動いてるっちゅうわけ。ほんまごめんな～。怒って当然やわな、いきなりこんな事言われたら」

「ちょ、葉風隊長！」

何もかもぶっちゃける葉風さんに、東さんは焦り気味だ。

「そういう事だったのか」

「そ、正直、僕もこんな命令聞きたくないねん。あまりにも横暴過ぎるから。でもな、だからって『神酒は回収できませんでした、影狼君にもシュガァちゃんにも逃げられました、終わり～』って報告したって上は納得せぇへんねん」

はーあ、と、溜息を吐き、葉風さんは俺を真っ直ぐ見る。

「『神酒は回収できませんでした……でも、その代わり、別の成果はありました』……そういう風にできたら、僕も上と交渉できるし丸く収められると思うんやけどなぁ」

「……言いたい事はわかった」

葉風さんの意図を理解し、俺も溜息を吐く。

「つまり、俺とシュガァが神酒を持ち帰り、尚かつ、このダンジョンから出た後も平穏な生活を送るためには、それに代わるような、別の目を引くような成果を用意する必要がある、という事だな」

「流石。理解が早くて助かるわ。なんやろ、影狼君、すっごい親近感湧くんやけど」

「……同じく、上司の横暴に苦労したからだろうな」

俺はボソリと呟く。

「葉風隊長！　あなた、また勝手な事を……！」

「えー、だってアゲハちゃん納得できる？　命懸けてダンジョン潜って、手に入れた功績いきなり奪われるんやで？　シュガァちゃん、別に神酒高値で売り捌こうとか、そういうつもりじゃなくて妹さんを助けたいだけやで？　どうにかしてあげたいって思うのが人情ちゃうん？　僕、ナニワ出身やからそういう話に弱いねん」

「思いません。組織というものは上の命令に――」

「でや、影狼君、本題なんやけど」

東さんを無視し、葉風さんがカメラに顔を寄せる。

「神酒を君らに渡す交換条件として……君が僕達、対ダンジョン・魔獣特務機関に入る。つまり、僕らの仲間になるってのはどうやろ？」

「な……!?」

葉風さんの発言に、東さんは驚愕している。

シュガァも、ビックリした顔で俺を見る。

「君程の逸材を迎えられたら、ぶっちゃけ神酒以上の利益やと思うねん。上も納得するやろ。無論、実力に見合った待遇を用意するで？」

「……そうか」

プロ探索者の仲間になる……か。

正直に言うと、俺にとってこれ以上に嬉しい交換条件はない。

俺は現在、無職である。厳密には、自主退職する予定、だが。

ここを出た後、明日からどうしようか……と、多少は心の隅にモヤッとしたものを抱えていたところだ。

そんな俺に、新しい仕事を用意してくれると言っているのだ。

こんな好条件はない。

「どうどう？　影狼君クラスなら、プロ入りしたらすぐにS級になれるやろ。あ、ちなみに、S級探索者の年収の相場は――」

「それよりも、いくつか条件がある」

そこで、俺は葉風さんに言う。

高収入、好待遇であるなら良いに越した事はない。

しかし、それと引き換えに規律や規則で雁字搦めにされたり、昼夜問わず働かされたりするのは避けたい。

そういう生活が嫌で、俺は会社を辞めたのだ。

「正直、収入や福利厚生はそこまで求めていない。その代わり、自由が欲しい」

「自由？」

「自由にダンジョンに潜り、自由にモンスターを倒し、自由に配信できる。ダンジョン内で手に入れたアイテムに関しても、最初に所有権を主張できる。その代わり、特務機関の任務に対応する。つまり――有事には国家機関に力を貸す、公認の探索系配信者……みたいな立ち位置？」

俺の要求を、葉風さんは繰り返す。

「そうだ」

「そんな……！　あまりにも勝手が過ぎます！　そんなものプロとは呼べません！」

「え、交換条件、そんなもんでええの？」

「え？」

「え？」

　東さんと葉風さんが、正反対の反応をして顔を見合わせている。

「葉風隊長、まさか、本当にスカウトするんですか!?　こんなちゃらんぽらんな、風来坊（ふうらいぼう）みたいな条件で!?　我々は、国家に仕える特別な機関ですよ!?」

「いやいや、アゲハちゃん。どう考えてもうちらが得し過ぎるやろ。あの影狼君を、そんな程度のリターンで、形式上でも手元に置いておけるんやで？」

　葉風さんはそのまま語る。

「君も、彼の戦いっぷりは観戦してたやろ？　あの強さ、完全に規格外や。探索部の第一から第十五部隊の中で、アルテミスドラゴン、爆弾狂魔術師、ヘルアント、ヒドラをたった一人で制圧できる探索者なんておる？」

「……我々も負けているとは思いません。何より、S級探索者である葉風隊長なら……」

「無理無理無理、並のS級でも彼と肩並べられる奴なんておらんて。アゲハちゃん、ほんまにプライド高過ぎやわ」

　ゴホンと咳払（せきばら）いし、葉風さんは俺に向き直る。

「影狼君、僕、第五部隊隊長、葉風円（まどか）から、君がさっきの条件で対ダンジョン・魔獣特務機関との契約を希望していると、そう上に話をさせてもらう。で、ええかな？」

「ああ。それよりも、この神酒を俺達が地上に持ち帰る許可。加えて、その後の身の安全の保障。これらは大丈夫なんだな？」

「安心してや。僕は約束を守る。情報統制も行って、君らの行動が嗅ぎ付けられないように手回しもする。地上に出た後は、シュガァちゃんの妹さんにきちんと神酒が投与されるまで保護するわ」

「もしも、何かあれば……」

「君の剣で僕の首ぶっ飛ばしてくれて構わん」

「……」

飄々（ひょうひょう）としていて、掴み所のなさそうな人物。

だが、この葉風という人は信用できると、直感が言っている。

「諸々の手続きは進めとく。また色々と整ったら、こっちからコンタクト取るから。ほな、さいなら～」

「葉風隊長！　そんな適当に済ませて……！」

「ええやん、ええやん。影狼君もシュガァちゃんも、一刻も早く地上に帰りたいやろうし」

「まったく……」

そして、ひらひらと手を振る葉風さんの姿と、こちらを強く睨む東さんの姿が、画面から消える。

「え、ええと……」

まるで嵐のような時間が終わり、シュガァは判然としない表情で俺を見る。

「す、凄いですね、影狼さん、プロになるんですね」

「厳密には、まだわからないがな」

「ええと……とりあえず、もう大丈夫、って事でいいのでしょうか？」

「ああ、一応は」

「あ……そういえば、配信……」

そこで配信中だった事を思い出し、シュガァは自身のチャンネルをチェックする。

「あ、やっぱり……視聴者側には、あの東っていう人がハッキングする寸前に、突然配信が終了した形になってるみたいです」

「何はともあれ、目的は果たした。上に帰ろう」


——その後、俺はシュガァをお姫様抱っこし、最下層からダンジョンを上っていく。

帰りの道中では、もうモンスターと遭遇する事はなかった。

ダンジョンコアが力を失った結果、これ以上ダンジョンが成長する事も、モンスターが生まれる事もない。

そして少なくとも、このダンジョンに現状いるモンスター達は、全員が俺を恐れている。

「きゃーーーー！」

縦横無尽にダンジョン内を跳び回り、駆け抜ける俺の腕の中で、シュガァが悲鳴を上げる。

しかし、その声はとても楽しそうだった。

「私！　なんだか絶叫系アトラクションが好きになりそうです！」

「そうか」

最下層、第十三階層から上へ上へ……そして、第一階層まで戻ると――。

「あ、おい！　戻ってきたぞ！」

「きゃああああああ！　影狼！　シュガァちゃん！」

「影狼ぉおおおおおおおお！」

第一階層は、とてつもない数の人混みで埋め尽くされていた。

俺とシュガァの姿を確認すると、老若男女問わず誰もが歓声を上げる。

やはり、今夜の配信が世間に及ぼした影響力は相当なものだったようだ。

「影狼！　最高にかっこよかったぞ！」

「さ、サイン！　サインしてください！」

「コラボ！　コラボしませんか！　これ、アカウントのＩＤです、いつでも連絡ください！」

「シュガァちゃん、影狼さんとは付き合ってるんですか⁉」

「影狼さん、結婚してください！」

「お前等どけ！　シュガァちゃん達は、これから妹さんの所に行かなくちゃならないんだよ！」

「道空けろ！　神酒を奪おうなんて考えてる奴がいたら許さねぇぞ！」

「さぁ、二人とも今の内に！」

事情を知っているためか、俺達が先に進めるようサポートしてくれる人達もいた。

ありがたいが、正直、この大騒ぎはさして問題ではない。

様々な声が混ざり合う喧騒の中——俺は、シュガァを抱えながら人混みを縫うように駆け抜ける。

「あれ？　影狼とシュガァは!?」

「どこー!?」

「やっぱ影狼速過ぎるって！」

そして、人目を掻い潜ると、物陰に隠れて換装を解除。

普段の姿に戻り、地上へ戻る。

「……あれ、かな」

地上には、既に数台、黒塗りの車が停車していた。

車の脇に立っている男性の一人にライセンスを見せると、彼は頭を下げた。

「影狼様、シュガァ様、お待ちしておりました。自分達は葉風隊長の部下……探索部、第五部隊の者です。お二人を保護します」

屈強な男が、車の後部座席のドアを開けて乗るよう促す。

シュガァが乗り込んだのを確認すると、そこで、俺は車に乗る事を拒否する。

「シュガァを明け方まで保護し、その後、彼女が指定する行き先に向かってくれ」

「影狼様は？」

「俺はついていかない。保険だ」

「保険？」

俺は、隊員の男性を見据える。

「もしも、この後シュガァ達の身に何かがあったら……葉風さんの首を刎ねなくちゃいけない」

「……必ず、約束は守ります」

男達は車に乗り込み、エンジンを掛ける。

「影狼さん！」

そこで、窓を開けて、シュガァが俺を呼び止める。

「今夜の事は、本当にありがとうございました！　また、妹と一緒に連絡します！　すぐに、必ず！」

「ああ」

走り去る車を見送ると、俺は空を見上げて吐息を漏らす。

長い夜だった……。

だが、もう間もなく、そんな夜が明ける。

「さて、と」

俺はひとまず、帰路につく。

色々やらなくちゃいけない事が増えてしまった。まぁ、一つ一つ処理していくしかない。

これも、自分で選んだ道だ。

「まずは……会社に行って、辞表を出さなくちゃだな……あ」

そこで、俺は思い出した。

「アルテミスドラゴンの角……回収し忘れた」

この日――人気配信者シュガァのチャンネルで行われたコラボ配信は、最終的に同接数2億1000万人に上り、ダンジョン配信における世界的新記録を達成。
内容も含め、あらゆる意味で歴史に残るものとなった。
そして――。
世界が、影狼という存在に気付いた。

第十七話　退職願

新東京ダンジョンでの配信を終えた後、俺は家に帰った。

スマホへの着信は未だ凄まじく、操作もできないし充電はギリギリだしで、もういいやと思い電源をオフにする事にした。

体の疲れを癒やすため、シッカリ睡眠を取り――翌朝。

「おはようございます」

俺は、新卒以来勤めてきた、勤務先の会社へ足を運んだ。

俺がオフィス内に入ると、ざわめきが起こる。

……当たり前だけど、もう知れ渡ってしまっているようだ。

まぁ、仕方がない。

俺は同僚達の視線を浴びながら、真っ直ぐオフィスの一番奥へ向かう。

「失礼します、鬼島課長」

「わ、渡……」

俺を前にし、鬼島撫子が驚いた顔で立ち上がる。

直前まで動揺を隠せない表情をしていたのだが、俺の姿を見た瞬間、彼女はどこか安堵の色を顔に滲ませた。

「な、何だ……ちゃんと出社してきたじゃん……安心した」

「……」

どうやら、撫子は俺がもう出社しないと思っていたようだ。

「で、でも、おい渡、遅刻だぞ？　始業時間の一時間前には会社に来て掃除しておけって、いつも言ってるよな？　ま、まぁ、いいや、今日は大目に見てやるよ。で、お前、あのダンジョンの件なんだけど――」

「鬼島課長」

撫子の言葉を遮り、俺は頭を下げた。

「今まで、お世話になりました。昨夜電話でお伝えした通り、この会社を辞めさせてもらいます」

俺の声が、オフィスに響き渡る。

瞬間、ざわめきが一層強くなった。

「やっぱり、影狼って渡さんなの？」「昨日の配信中に電話してたのって……」と、そんな声が聞こえてくる。

「退職願は書いてきました。残りの出勤予定は、今まで溜まりに溜まった有休を消化する形でお願いします」

「ちょ、ちょっと……」

「保険証の提出とか、その他諸々の手続きに関して相談させていただきたいんですが、よろしいでしょうか？」

「ちょっと待って！」

そこで、撫子が大声を上げた。

目があっちへこっちへ泳いでいる。

「な、何で……何で辞めるんですか、陽向先輩」

「……」

撫子は、大学時代の頃の口調に戻って尋ねてくる。

どうやら、かなり動揺しているようだ。

「いや、ありえないでしょ、仕事辞めるって……まさか、昨日のあれで、配信者としてやっていく事に決めた、とか、そんな感じですか？」

「まぁ……そんなところ、かな」

もう会社を辞めるつもりなので、俺も先輩の口調に戻って撫子に接する。

「ハァッ⁉」

俺の発言を聞いた撫子は、大声を上げた。

「ば、馬鹿！　バッカじゃないですか、先輩！　あんなの定職にも就かずぷらぷら遊び呆けてるマヌケがやる事ですよ！　なぁに一回バズッたくらいで調子に乗ってるんですか！　自分には配信者の才能があるとか勘違いしちゃったんですか⁉　先輩如きがそんなの無理に決まってるでしょ！」

「いや、定職に就かないっていうわけじゃなくて……」

「あ！　わかった！　どっかの企業からオファーされたとか⁉　配信者を抱えてる芸能プロみたいなとこから！　それでなんだか自信満々なんだ！　あんなの適当に声掛けてきてるに決まってるじゃないですか！　売れなかったら即切り捨て！　売れたら中抜き搾取でズタボロになるまで使い潰される！　闇ですよ、闇！　闇界隈ですよ！」

「詳しいな、お前」

声を大にして一気に言い切ったため、撫子は肩で息をしている。

そんな彼女に、俺は冷静に言う。

「どちらにしろ、もう次にやりたい事は決まってるんだ。二足の草鞋なんて会社に迷惑を掛ける。お前が一番嫌いなパターンだろ？」

「そ、それは……」

「だから、辞める。でも、何よりの理由は……」

俺は、大きく息を吸った。

せっかくだ、ハッキリ言ってしまった方が良い。

「俺は、この会社に入社してからずっと辛かったんだ。正直に言って、この会社の風土も、仕事内容も合わなかった。どちらにしろ先は長くなかったと思う。だから、良い機会だと思って、すっぱり辞める事にした」

「……」

「お前には、すまないと思ってる。せっかく就職先を紹介してくれたのに、裏切る事になって。でも、このまま合わない職場に残って、いつ潰れるかわからない恐怖に怯えるくらいなら、一度スッキリとした気持ちになって新しい道に挑むよ」

「……ひ」

撫子は、フルフルと肩を震わせる。

そして、俯かせていた顔を上げた。

今にも噛み付いてきそうな程歯を食いしばり、目が若干潤んでいる。

「陽向先輩って！　本当に昔っから自分勝手ですよね！　なんだか良い感じの事言ってますけど、結局全部自分のためじゃないですか！　自分本位なんですよ、ずっと！」

「え、そうか？」

まぁ、そう言われたらそうなのだが。

自分のために仕事を辞めると、そう決意したのは事実だ。

でも、それを自分勝手と咎められる筋合いはなくないか？

「先輩、覚えてますか！　大学の頃、アタシと一緒にカップル割りの利く喫茶店に行った時！　先輩、店員に『当店、カップルでのご入店の場合、ドリンクの割引とスイーツのサービスがございますが』って言われて、ソッコーで『いえ、カップルじゃないです』って言いましたよね！」

「ああ、あったっけな……でも、事実だろ？　嘘吐いたらお店に迷惑だし」

「そ、そういう事じゃなくて！　なんで先輩が『カップルじゃない』って言うんですか！　百歩譲って、アタシが言うならまだしも！」

「えぇ……」

どういう理屈だよ。

カップルじゃないのは事実だし、なんで撫子の方から言うなら良いのかもわからないし。

出会った時から変わらずの我が儘っぷりだ。

「じゃあ、わかった、その件に関してはすまなかった。で、退職の手続きの話なんだけど……」

「許可するわけないでしょ！」

撫子は顔を真っ赤にして叫ぶ。

まるで駄々をこねる子供だ。

俺は溜息を吐く。

「いや、撫子。許可するとかしないとかじゃなくて、俺が辞めるって言ってるんだから……」

退職願

「駄目駄目！　先輩は死ぬまでこの会社で働くんです！　アタシの部下として働くんです！」

「撫子……」

大学時代だったら、生意気な後輩だくらいで許せたが……。

「お前も、もう社会に出た立派な大人だろ。ハッキリ言って、この会社でのお前の勤務態度は評判悪いぞ？　偉そうに言って申し訳ないが、頼むから改めてくれ」

「ダンジョン配信なんてちゃらんぽらんな仕事始めようとしてる人に、言われたくないですよ！」

そこで「もういい！」と、撫子は叫んだ。

「先輩、アタシの恐ろしさをとくと味わわせてやりますよ！　アタシがパパに言ったら、先輩なんて――」

「聞き捨てなりませんね」

その時だった。

オフィスの入り口から、聞き覚えのある声が聞こえた。

振り返ると、スーツを着た女性が、つかつかとこちらに歩いてくる。

両サイドには、同じくスーツを着た体格の良い男達を従わせている。

彼女は……。

「だ、誰、ですか？」

「失礼。私、政府直属、対ダンジョン・魔獣特務機関、探索部所属、第五部隊副隊長、東アゲハという者です」

一つに縛った黒髪を、胸の前に流している。

東さんだった。

「プ、プロ探索者……」

「よくご存じですね」

東さんは、動揺する撫子にニコッと微笑む。

「では、加えてお含みおきください。こちらの渡陽向さん……探索者ネーム、影狼さんは、間もなく我々の仲間となります」

「……は？」

撫子は硬直している。

まさか、俺の転職先が、政府直属の特務機関だったとは思わなかったようだ。

「この後、我々と渡さんは重要な話し合いをしなければなりません。こんな所で、不必要に時間を浪費させられていい立場ではないのです。雑務はとっとと済ませてください」

「……あ」

そう言われたら、撫子とて何も言い返す事はできない。

「聞いているのですか？」

「は、はい……今後の流れはまた追って連絡します」

俺の提出した退職願を持って、撫子はコクコクと頷くしかなかった。

「では、行きましょうか、渡さん」

東さんが俺を振り返り、ニコリと笑う。

俺は、東さんと、おそらく第五部隊の隊員と思われる男達と一緒に、オフィスを去る。

皆の注目を集めながら。

「渡さん……」

その途中、吉田さんの前を通り掛かった。

……吉田さんには、本当に助けられた。

この会社にいる間、ギリギリで精神を保てていたのは彼女のおかげだったかもしれない。

「吉田さん、お世話になりました」

俺は、吉田さんに頭を下げる。

「また飲みに行きましょう」

「……は、はい！」

東さんの咳払いが聞こえたので、俺はその挨拶を最後に、新卒以来勤めた職場を去ったのだった。

◇◆◇◆◇◆

会社を出ると、入り口の前に見覚えのある黒塗りの車が停まっていた。

後部座席のドアが開き、乗るように促される。

俺と東さんを乗せると、車は走り出した。

「わざわざ迎えに来てもらって、すみません……というか、俺がここにいる事がわかったって事は、やっぱり個人情報はバレてるんですね」

「ええ、影狼の正体があなた……渡陽向さんであるという事は、すぐに特定できましたので。携帯電話に連絡をしても出なかったので、先にご自宅へ伺ったのですがご不在。そのため、勤め先の方へやってきた次第です」

「そうだったんですね。すみません、スマホの電源を切っていたもので」

「事情はお察しします。この程度、手間ではありませんのでお気になさらないでください」

それよりも――と、東さんは続ける。

「お話合いが終わるまでオフィスの外で待機しているつもりでしたが、一向に会話が先に進まなかったので急かす形になってしまいました。ご迷惑をお掛けし、申し訳ございません」

「いえいえ、あのままじゃ埒が明かなかったので、むしろ助け船を出してもらえて感謝してます。こちらこそ、ありがとうございます」

「……別に、あなたのためではありません」

東さんは、ふいっと視線を窓の方に向ける。

「仕事ですので」

「……」

正直、東さんが思いの外、俺に対して丁寧に接してくれる事に、ちょっと驚いている。

昨日、結構言い合いになった記憶があるので、あの一件で俺に対する印象は悪いと思っていた。

けどまぁ、そこは彼女も大人だし組織に属する人間なので、公私は分けて事務的に対応してくれているのかもしれない。

すると、東さんのポケットに入っていたスマホが着信音を響かせる。

東さんはスマホを取り出すと、着信に応じる。

そして数秒話した後、スマホの画面を俺に見せてきた。

「いえーい、影狼君見てる～？」

「葉風さん、お疲れ様です」

テレビ通話状態にされたスマホの中に、糸目の端整な顔立ちの男性がいた。

葉風さんだった。

「いきなり迎えに行ってごめんなぁ。でも、こういう話は早い方がええと思って。ちなみに、今影狼君を乗せた車はうちらの本部ビルに向かっとるんやわ。そこで、今後の諸々の話し合いをさせてもらおうと思って」

「葉風さん」

そこで、俺はまず何よりも先に、彼に確認しておきたい事を尋ねる。

「あの後……シュガァは」

「安心してや。問題なく、妹ちゃんが入院しとる病院まで送り届けた。万全の設備の中で、妹ちゃんに神酒を投与した。今は、経過観察中ってところやけど……」

そこで、葉風さんはフッと笑う。

「結論から言うで。妹ちゃん、かんっぜんに病巣が消えたそうや。体も健康体になって、ビックリするくらい動き回っとる。担当医が泡噴きそうになったそうやで」

「そうですか」

ダンジョンコアの言葉を聞いたので、効き目に関しては疑ってなかったが……良かった。

俺は、ホッと胸を撫で下ろす。

「あ、そうや。シュガァちゃんが、『影狼さんと連絡が取れない！』って悲しんどるみたいやで？　妹ちゃんが治ったし、いの一番に君に感謝の気持ちを伝えたいんやろ。すぐには無理かもしれんけど、タイミング見計らって連絡したってや」

「はい」

「あと、これはまだ仮確定の段階なんやけど……君が提示した条件、無事クリアしたで。ほぼあの内容で、お上も君と協力関係を結びたいそうや」

「本当ですか？　すみません、無茶を言って」

「何が無茶なもんか！　君、自分の価値を低く見積もり過ぎや！　ま、そこは僕に任せてや。世界最強の探索者、影狼のプロデュースなんてこれ以上に楽しい事ないからな。これから、君をもっともっと価値のある男として世界に売り込んでいくから、覚悟しといてや」

「お手柔らかにお願いします」

「葉風隊長……」

そこで、東さんがゴホンと咳払いする。

「くれぐれも、本業をお忘れなく。お二人は、我等対魔機関にとって貴重な人材です。遊び気分は改めてください」

「なんや、アゲハちゃん真面目やなぁ。あ、そういえばアゲハちゃん、影狼君にあの事言ったん？」

「……」

「ははーん、まだ言ってないんや。ほんまプライド高いな、アゲハちゃん」

画面の中でニヤニヤする葉風さん。

何の事だろうか？

「影狼君、これはまだ予定なんやけど、君が正式に僕等の仲間になった際に与えられる、君のプロとしてのランクについてや」

ランク……。

巷(ちまた)では、『流離いのS級探索者』なんて言われてしまっているが。

「もしかして……S級ですか？　いや、そんなわけないですよね……」

「あっはっはっは。当たり前やん。そんなわけないやろ」

軽快に笑った後、葉風さんは言う。

「もっと上や」

「……え？」

「君に与えられるランクは、Ｅｘ(イーエックス)。エクストラランク。特別、規格外を意味するエクストラや」

Ｅｘ級。

それが、俺の称号になるらしい。

「無論、これは君にだけ与えられる称号。日本で唯一、影狼にのみ授けられるランク。厳密には、完全に組織に属するわけやないからな。文字通りの特別扱いや」

「ほ、本当なんですか？」

「トントン拍子で信じられへんか？　ま、僕は有能やからな。頑張って手回ししたらこんなとこや。感謝してや？　で、話を戻すけどＥｘ級は扱いとしてはＳ級と同格以上。つまり、影狼君はＡランクのアゲハちゃんよりも立場が上っちゅう事になる」

「……え？」

俺は東さんを見る。

そうか、秩序を重んじる東さんが、やけに俺に丁寧な態度だったのは……。

「アーゲハちゃーん。影狼君は君より格上っちゅうこっちゃ。昨日の事、謝った方がええんちゃう？」

「……」

葉風さんが言うと、東さんは俺に頭を下げた。

「昨夜の一方的な発言の数々……申し訳ございませんでした」

「ああ、いえ、昨日の時点では俺はただのアマチュアで……」

そこで、気付く。

頭を下げながらも、東さんの額に青筋が浮かんでいる事に。

「こ、今後……ゴ指導ゴ鞭撻ノホド……ヨロシクオネガイシマス……影狼サン」

「……」

声が震えてる。

納得は……してなそうだなぁ。

「……あ」

と、そこで。

車がちょうど、新東京ダンジョンの前を通り掛かった。

「……」


――あ、そうや。シュガァちゃんが、「影狼さんと連絡が取れない！」って悲しんどるみたいやで？


「……すみません、ちょっと停めてもらって良いですか？」

「え？」

俺は、新東京ダンジョン前で車を停めてもらうようお願いする。

「すみません、ほんのちょっとだけいいですか？　数分で済みますので」

「あの、ちょっと……」

ポカンとする東さんを車内に残し、俺は車から降りると、新東京ダンジョンの入り口へ向かった。

第十八話　影狼の宣言

新東京ダンジョン……全ては、ここから始まった。

あの夜、サービス残業を余儀なくされていた俺の前に、たまたま現れたダンジョン。

懐古(かいこ)の念と、少々の気晴らしを期待し、俺は学生時代ぶりにここに潜ったのだ。

……その時には、まさか、こんな事になるなんて思いもしなかった。

「さてと……」

俺は新東京ダンジョンに入る。

一夜明けたというのに、未だダンジョン内は多くの人々で賑わっていた。

誰もが、昨夜この新東京ダンジョンで行われていた配信の影響で、ここを訪れているのだという事がわかる。

俺は人混みの中をするすると擦り抜け、ライセンスを提示すると、第一階層へ潜る。

第一階層も同様に、凄い人の数だ。

ドローンカメラを浮かせている者。

スマホのカメラを自分の方に向けている者。

換装している者、していない者も……様々だ。

俺は、その人混みの中を進む。

「……え？」

そこで、一人の青年が俺の姿に気付き、声を漏らした。

「か、影……狼？」

「え？」

「影狼？」

その青年の声に反応し、周りにいた人々も俺を見る。

「え、うそ、マジで？」

「本物？　本物の影狼？」

「いや、でも、スーツ姿だぞ？」

今の俺は、一応会社に行くという事で、通勤用のスーツ姿である。

「確かに、似てるっていえば似てるけど……」

「ちょっと、オーラがなくない？」

「普通の会社員の人でしょ」

「いやいや、でもやっぱり似過ぎだって」

俺に注目する視線と声が、徐々に拡大していく。

やがて、第一階層の真ん中当たりにまで来た時には、百人以上に及ぶ人間が俺の方を見てざわめいていた。

「あ、あのぉ……」

そこで、二人組の女の子が俺に話し掛けてきた。

サイドテールと、ツインテールの女の子達である。

「も、もしかして、影狼さんですか？」

「人違いだったら、すみません」

「……」

俺は、彼女達の質問に答える代わりに——。

その場で、換装を起動した。

「ひゃっ！」

「え！　え⁉」

女の子達を始め、周囲の人々が変貌した俺に驚いている。

数秒後——そこには、探索者の姿になった俺が立っていた。

アサシン装備の、影狼の姿である。

今はもうスカーフはないが。

「うわああああああ！　本物！　本物の影狼だ！」

「やっぱり影狼じゃねぇか！」

「嘘っ！　嘘っ！　本物の影狼！」

「凄っ！　え、戻ってきたの⁉」

俺の姿を見て、周りの人々はカメラを、スマホを、ドローンを、こちらへ向ける。

おそらく、今ネット上の多くのチャンネルで、この俺の姿が配信されているはずだ。

「影狼さん！　今日は何の用でここに？　もしかして、また深層までタイムアタックする感じですか⁉」

「それとも、何かやり忘れたとか……あ、もしかして、大ボスのヒドラと再戦するとか⁉」

「シュガァちゃんは一緒ですか⁉」

「あの、この後よければ僕達と一緒に合同で配信しませんか！」

「俺も！　俺も！　俺、中層くらいなら挑める自信あります！　是非、ご一緒させてください！」

一瞬で大騒ぎになる観衆に向けて、俺は腕を上げる。

静粛に――という合図のつもりで上げたのだが、わかってくれたようで、一瞬にして水を打ったように場が静まり返った。

「今日は、皆に伝えたい事があって来た」

俺の発言に、皆がざわつく。

「先日は、シュガァのチャンネルでコラボをさせてもらったが……これからは、俺自身のチャンネルを立ち上げ、配信を行おうと思う」

配信者デビューの宣言。

一瞬、静まり返る群衆――しかし、じわじわと興奮の声が高まり、最終的には「おおおお！」と絶叫が木霊した。

「マジで⁉　《影狼チャンネル》始動⁉」

「いや、正式名称が影狼チャンネルなのかはわからないけど……でも、すげぇ！　マジかよ！」

「あの世界レベルのダンジョン探索が、これからはもっと見られるって事⁉」

「やべぇ！　大ニュースだよ、大ニュース！　早く投稿を上げねぇと……」

「うわ！　もうネットニュースになってる！　この場にニュースサイトの記者紛れてるだろ！」

ガンガンに盛り上がる人々。

そして思惑通り、ネットを介してこの宣言は瞬く間に世界に発信されたようだ。

俺は、内心でホッと一息吐く。

「あ、あの……」

そこで、再びあのサイドテールとツインテールの女の子達に話し掛けられた。

「しゅ、シュガァちゃんとは、もう一緒にやらないって事ですか？」

「これからはもう、シュガァちゃんのチャンネルを通さず、一人でやるつもり……って事ですか？」

「……二人は、シュガァのファンか？」

問い掛けると、二人はコクコクと頷く。

なんとなく、身に付けている小物や服装から、シュガァの追っ掛けだとわかった。

「これからは、俺も個人の配信者としてやっていくつもりだ……だが、決してシュガァとはもう絡まないというわけじゃない」

俺は言う。

そう、俺が思い立って、この新東京ダンジョンに入ったのも、こんな宣言をしたのも——自身のスマホが着信の嵐で使えない今、これを一番に伝えたかったからだ。

どこかで、シュガァが見ていてくれる事を信じて。

「俺は、シュガァにとても感謝している。シュガァが、俺の人生を変えてくれたとさえ思っている。だから、今後も彼女と一緒にダンジョン配信をできるなら……喜んでしたい」

そう言うと、シュガァファンの二人は「ほわっ……」と頬を染め、興奮したように飛び上がった。

そして、「やっぱりシュガァちゃんと影狼さんって……」と、何やらヒソヒソ話で盛り上がっている。

「さて……」

言いたい事は言った、やりたい事はやった。

俺は、ダンジョンを出るために歩き出そうとした。

その時だった。

「影狼ォオオオッ！」

野太い野蛮(やばん)な声が、第一階層に響き渡った。

見ると、大柄な男が人混みを乱暴に掻き分け、こちらに直進してくる。

誰かと思ったら、剃り込みの入った金色短髪……迷惑系配信者の疾風だった。

久しぶりに見た気がする。

「うわっ、疾風じゃん」

「影狼にボコられた後、大人しくしてたと思ったら……何のつもりだ？」

「待ち伏せしてたのか？」

現れた疾風に、周囲がざわつく。

「へっ……よう、影狼、久しぶりだな」

「……何の用だ」

俺が応えると、疾風は引き攣った笑みを浮かべる。

「随分と調子に乗ってるみてぇじゃねぇか……俺に舐めた態度取って、シュガァとコラボして、おまけに配信者デビュー？　……気に入らねぇなぁ！」

疾風は一度、【峰打ち】で成敗している。

それにより、絶命を逃れる代わりにステータスがレベル一の状態に戻った。

全盛期程の実力はない……喧嘩になったとしても、恐れる程ではない。

だがそこで、疾風は上着の懐に手を突っ込んで何かを取り出した。

「ぶっ殺してやる！」

その手には、ドクンドクンと脈動する黒い塊が握られていた。

あれは……まさか……。

「〔ニトロスライムの核〕か」

そう言うと、周囲の人々の中から悲鳴が上がった。

このアイテムの正体を知る者が少なからずいたようだ。

ニトロスライムの核……文字通り、ニトロスライムというモンスターの核である。

このダンジョンでは見掛けなかったモンスターだ。

おそらく、他のダンジョンに潜って、ニトロスライムを倒し、ドロップしたそのアイテムを持ってきたのかもしれない。

もしくは、闇取引で手に入れたのか。

「皆、離れろ。ニトロスライムの核は小型の爆弾だ。地面に叩き付ける衝撃だけで、半径五メートルは巻き込む爆発を起こす」

アイテムというより、ニトロスライムが最後に残すトラップとも言われている。

俺の言葉を聞き、疾風の周りの人々は息を呑む。

「正気か、疾風。何人巻き込むと思っている」

「知るかよ！」

疾風は、ニトロスライムの核を握った手を振り上げた。

「こんだけ人がいたらよぉ！　お前のスピードも発揮できねぇよなぁ！」

疾風の周囲から、慌てて皆が逃げようとする。

しかし、逃げるにはもう遅い。

「俺を舐め腐った、てめぇが悪ぃんだよ！」

疾風の手中から、ニトロスライムの核が地面に叩き付けられる――。

――瞬間、俺はその場で跳躍していた。

逃げ惑う人々がいたら、地上では最速を発揮できない……なるほど、良い読みだ。

だが甘い。

俺は真上に飛び上がり、人々の頭上へ飛翔する。

そして、右手に握った沙霧を、疾風に向かって投擲した。

「ぎゃっ！」

放った沙霧が、疾風の腕を切り裂いた。

疾風の手からニトロスライムの核が飛び出す。

空中に弧を描きながら飛んでいくニトロスライムの核。

俺は一度着地すると、地面を蹴って再び跳躍。

今度は真上ではなく、空中に飛ぶニトロスライムの核に向けてだ。

衝撃を受けると爆発するニトロスライムの核……だが、その特性を無効化できる方法が一つある。

それは——核の表面で脈打つ、赤と青の動脈と静脈のような線を同時に切る事。

コンマ数秒でもズレれば起爆してしまうが……俺にならできる。

俺は空中で、左手の沙霧を振るう。

刹那の斬撃が、ニトロスライムの核を真っ二つにする。

そして、何事もなくボテッと落下した。

「……よし」

俺もまた、そのまま着地し振り返る。

「ひぃ……！　ひぃ……！」

そこに、片腕に裂傷を負った疾風が跪いている。

俺は、疾風に近付く。

「て、てめぇ……よくも俺の腕を……」

「自爆テロを起こそうとしたくせに、よくそんな口が叩けるな」

俺は、地面に突き刺さった沙霧の片割れを引き抜く。

「お前はこの後、警察の厄介になる。その前に、二つだけ伝えておく」

「ひ……」

沙霧の切っ先を、喉元に突き付ける。

「二度と、俺の前に姿を見せるな。そしてもう一つ……二度と、シュガァに迷惑を掛けるな」

昨夜のコメント欄といい、こいつがシュガァに執着しているのは丸わかりだ。

俺の言葉に、疾風は「ぐ、ぅぅ……」と唸る。

「……わ、わかった――」

――俺は沙霧を振るった。

――疾風の首が宙を舞う。

「二言(にごん)はないぞ」

空中にある疾風の首に向けて、俺は言う。その目を強く睨みながら。

「次は殺す気で切る」

直後、ボンッ！　と爆煙が発生し、白目を剥いた疾風の体が地面に横たわっていた。

【峰打ち】である。

ちなみに、腕の裂傷は治っていない。

【峰打ち】によって治る傷は、【峰打ち】による致命傷だけだ。

「ふぅ……誰か、腕の手当をしてやってくれ。それと、警察に電話を」

見守っていた観衆へ、俺は告げる。

「すまないが、俺は用事があるのでこれで」

そして俺は、疾風との緊迫したやり取りに、興奮冷めやらぬように騒ぐ人々を振り切り、新東京ダンジョンを後にした。

◇◆◇◆◇◆

「お待たせしました」

車に戻ると、東さんが俺をジト目で見てきた。

「見ていましたよ。一瞬でネットニュースになっていましたので」

「ははっ、すみません。ちょっと不審者が現れたので、思ったよりも時間が掛かってしまいました」

「配信者としてデビューする……あの宣言が目的だったのですか？」

「ええと、それもあるんですが……」

東さんの問いに、俺は少し迷った後、正直に答える。

「シュガァに、感謝の気持ちを伝えたかったので」

「……感謝？」

「ほら、さっき葉風さんが、シュガァが俺と連絡を取れなくて悲しんでるって言ったじゃないですか？　俺のスマホ、今使い物にならないので。そこに、ちょうど新東京ダンジョンが見えたから……ネットの力を借りて、一刻も早く、その気持ちだけでも伝えようと」

「何故、シュガァさんに感謝を？」

「今の俺があるのは、シュガァのお陰だからです。陰鬱な日々から俺を引っ張り出してくれた、新しい道に進ませてくれた……その切っ掛けを作ってくれたのは彼女で、ひとまず感謝をと思いまして」

「……なるほど」

東さんは、吐息を漏らす。

「そんな派手なマネをしなくても、言ってくだされば私のスマホで通話はできるのですよ？」

「……え？」

「陽向さん！」

そこで、東さんが見せてきたスマホ――テレビ通話の画面の中に、シュガァが映っていた。

いや、今は女子高生――早藤雪姫さんの姿をしているが。

「彼女の番号、知ってたんですか？」

「ええ」

「陽向さん！　さっきの宣言の映像、あっちこっちの動画サイトにアップされてますよ！　疾風を倒したところも！」

「あー……そこまで撮られてたのか。いや、当たり前か」

「えへへ……すごくかっこよかったです」

シュガァに二度と迷惑を掛けるな――という発言まで聞いたのだろう。

「それに、陽向さんが私に感謝してるなんて……感謝しなくちゃいけないのは私の方なのに……」

「当然の事をしただけだ」

俺は、スマホの画面に微笑み掛ける。

そこで――。

「おねえちゃん！　見て見て！」

早藤さんの後ろで、ジャンプしながら空中でくるくると回転している元気な女の子の姿が見えた。

「凄く体が軽いの！　嘘みたいに！　えへへ、楽しい！」

「あ、小春(こはる)！　駄目だよ、病院の中でそんなに跳び回って……先生に怒られるよ？」

「小春？」

「あ、そうだ、紹介が遅れました」

俺が首を傾げると、早藤さんが説明する。

「この子が、妹の早藤小春です。ほら、小春、影狼さんだよ」

「あははっ！　……え？」

早藤さんが言うと、ベッドの上で飛び跳ねていた小春ちゃんが一瞬で大人しくなった。

小学生か、中学生くらいだろう。

「あ、あ……影狼、さん……あ……」

小春ちゃんは、先程までのはしゃぎっぷりが嘘のように、両手を擦り合わせてモジモジしている。

頬を赤らめ、目線をあちこちに泳がせている。

「あ、あの……あ、ありがとう、ございます……」

「君が妹さんか、元気になって良かったよ」

難病と聞いていたが、そうだったのが信じられない回復ぶりだ。

流石は神酒の力。

小春ちゃんはチラッとこちらを見ると、すぐに「はぅぅ……」と早藤さんの胸に顔を埋める。

「えへへ、小春ってば、影狼さんの事が大好きになっちゃったみたいです」

「ははっ、嬉しいね、ありがとう」

小春ちゃんに、命を救ったヒーロー……とでも、早藤さんが紹介したのかもしれない。

無論、感謝されるのに悪い気はしない。

「陽向さん、暇な時間ができたらでいいので、小春と会っていただけませんか？」

「ああ、いいよ」

「それと……」

今度は早藤さんがモジモジとしている。

「さっきの宣言でも言ってましたけど……また、私とコラボ……し、してくれるんですか？」

「ああ」

「か、影狼さん、プロになったんですよね？　お忙しいんじゃ……」

「いや、正式なプロっていうより、プロと繋がりがあるだけで基本的には自由な身だ。そういう契約形態だからな」

「そ、そうなんですね……じゃあ、是非また……お願いします！」

「ああ、こちらこそ」

そして、手を振る早藤姉妹に別れを告げ、俺は通話を終えた。

「ふぅ……ん？」

そこで、東さんが俺を見詰めている事に気付く。

「どうしました？」

「……渡さんは、どうしてそこまでして彼女達を助けようと？」

「え？」

「危険蔓延るダンジョンの深層まで行き、神酒を手に入れる程の義理はなかったと思いますが。正義感ですか？」

「うーん……そんな大層なもんじゃないですよ。むしろ、俺は利己的に生きるつもりなんで。対魔機関と繋がりを作ったのも、その方が得だろうって思ったからですし」

「……」

「そんな俺の利己の中に、シュガァを助けてやりたいっていう思いが含まれてた……っていうだけの話です。それが、何か？」

「いえ、なんでも……間もなく到着です」

そうこうしている内に、俺達を乗せた車は対ダンジョン・魔獣特務機関のビルの敷地へ入っていく。

◇◆◇◆◇◆

……ダンジョンでサービス残業をしていただけ、だったのにな。

俺の人生は、本当にとんでもない事になってしまったと、改めて思うのだった。

子育てしながら冒険者します
異世界ゆるり紀行
1~16
水無月静琉
Minazuki Shizuru
シリーズ累計
123万部(電子含む)
突破!!
2024年7月7日~
TVアニメ
放送開始!!
(テレ東・BSテレ東ほか)
1~16巻
好評発売中!
コミックス
1~9巻
好評発売中!

最強最古の神竜は、辺境の村人ドランとして生まれ変わった。質素だが温かい辺境生活を送るうちに、彼の心は喜びで満たされていく。そんなある日、付近の森に、屈強な魔界の軍勢が現れた。故郷の村を守るため、ドランはついに秘めたる竜種の魔力を解放する！

1~24巻 好評発売中!

各定価：1320円（10%税込）　illustration：市丸きすけ

コミックス1~12巻好評発売中!

漫画：くろの　B6判
各定価：748円（10%税込）

いずれ最強の錬金術師？
SOMEDAY WILL I BE THE GREATEST ALCHEMIST?
1~16
小狐丸
KOGITSUNEMARU
シリーズ累計（電子含む）100万部突破！
2025年1月ついに
TVアニメ化!!
コミックス
1~7巻
好評発売中！
1~16巻
好評発売中！
勇者召喚に巻き込まれ、異世界に転生した僕、タクミ。不憫な僕を哀れんで、女神様が特別なスキルをくれることになったので、地味な生産系スキルをお願いした。そして与えられたのは、錬金術という珍しいスキル。まだよくわからないけど、このスキル、すごい可能性を秘めていそう……!? 最強錬金術師を目指す僕の旅が、いま始まる！
地味～な生産職志望の僕に付与されたのは、
聖剣から空飛ぶ船まで、何でも造れる
最強スキル
錬金術!!
読者賞受賞作
圧倒的第1位
……僕、のんびり暮らしたいだけなんだけど
原作 小狐丸
漫画 ささかまたろう
聖剣から万能薬までなんでも造れる
最強の生産スキル
錬金術発動
10万部突破！
◉16巻 定価:1430円(10%税込)
1~15巻 各定価:1320円(10%税込)
◉Illustration：人米
◉7巻 定価:770円(10%税込)
1~6巻 各定価:748円(10%税込)
◉漫画：ささかまたろう B6判

シリーズ累計**360万部**の超人気作!（電子含む）

TVアニメ第2期

2024年1月8日から 2クール **放送開始!**

TOKYO MX・MBS・BS日テレほか

異世界へと召喚された平凡な高校生、深澄真。彼は女神に「顔が不細工」と罵られ、問答無用で最果ての荒野に飛ばされてしまう。人の温もりを求めて彷徨う真だが、仲間になった美女達は、元竜と元蜘蛛!?　とことん不運、されどチートな真の異世界珍道中が始まった!

2期までに
原作シリーズもチェック!

●各定価：1320円（10%税込）
●illustration：マツモトミツアキ

1~19巻好評発売中!!

漫画：木野コトラ

●各定価：748円（10%税込）●B6判

コミックス1~13巻好評発売中!

小さな大魔法使いの自分探しの旅

親に見捨てられたけど、
無自覚チートで
街の人を笑顔にします

✦author
藤なごみ

えっ 無自覚チートになっちゃった!?

浪費家の両親によって、行商人へと売られた少年・レオ。彼は輸送される途中、盗賊団に襲撃されてしまう。だがその時、レオの中に眠っていた魔法の才が開花!　そして彼は、その力で盗賊たちの撃退に成功する。そこに騒ぎを聞きつけた守備隊が現れると、レオは保護されるのだった。その後、彼は街で隊員たちと一緒の生活を始めることに。回復魔法を使って人の役に立ち、人気者になっていく彼だったが、それまで街の治癒を牛耳っていた悪徳司祭に目をつけられ――

●定価：1430円（10%税込）　●ISBN：978-4-434-34068-0　●Illustration：駒木日々

この作品に対する皆様のご意見・ご感想をお待ちしております。

おハガキ・お手紙は以下の宛先にお送りください。

【宛先】

〒150-6019 東京都渋谷区恵比寿 4-20-3 恵比寿ｶﾞｰﾃﾞﾝﾌﾟﾚｲｽﾀﾜｰ 19F
（株）アルファポリス　書籍感想係

ご感想はこちらから

メールフォームでのご意見・ご感想は右のＱＲコードから、
あるいは以下のワードで検索をかけてください。

アルファポリス　書籍の感想

本書は Web サイト「アルファポリス」（https://www.alphapolis.co.jp/）に投稿されたものを、改題、改稿のうえ、書籍化したものです。

ダンジョンでサービス残業(ざんぎょう)をしていただけなのに
～流離(さすら)いのＳ級探索者(きゅうたんさくしゃ)と噂(うわさ)になってしまいました～

KK（けーけー）

2024年 6月30日初版発行

編集－八木響・村上達哉・芦田尚
編集長－太田鉄平
発行者－梶本雄介
発行所－株式会社アルファポリス
〒150-6019 東京都渋谷区恵比寿4-20-3 恵比寿ｶﾞｰﾃﾞﾝﾌﾟﾚｲｽﾀﾜｰ19F
TEL 03-6277-1601（営業）　03-6277-1602（編集）
URL https://www.alphapolis.co.jp/
発売元－株式会社星雲社（共同出版社・流通責任出版社）
〒112-0005 東京都文京区水道1-3-30
TEL 03-3868-3275
装丁・本文イラスト－riritto
装丁デザイン－AFTERGLOW
印刷－中央精版印刷株式会社

価格はカバーに表示されてあります。

落丁乱丁の場合はアルファポリスまでご連絡ください。

送料は小社負担でお取り替えします。


ISBN978-4-434-34064-2　C0093